織田友理子
Oda Yuriko

心さえ 負けなければ、大丈夫

鳳書院

Yuriko's Human Story

歩いてきた道を振り返ると
私は、なぜか険《けわ》しい道を
あえて選んできたような気がする
それが自らの意志であれ、運命であれ
立ちはだかる壁は、私が乗り越えるべき
試練であることに変わりはないのだから

家族

My Family

人生で、かけがえのないもの
命がけで守りたいもの
生まれ変わっても出会いたいもの
そこにいるだけで心が優しくなれる
この世の中で
いちばん大切な宝物
――私の家族

夫の洋一と一人息子の栄一。子どもは希望と勇気と愛の結晶

歴史
History

まっすぐに未来を見つめて
突き進んでこれたのは
私が父と母の
娘だったから……

母に抱かれて。誕生まもなく

青春時代に一生の友をつくること
人格を磨《みが》き、親を大切にすること
――恩師の教え

船橋市立御滝中学校管弦楽部。全国１位に

創価高校の卒業式。10000号の
卒業証書を手に。１番違いの友と

創価高校茶華箏曲部。全国２位に

創価大学を卒業

七五三の記念に。両親、二人の妹、父方の祖母。
年子の妹たちも、みな同じ高校、大学へ

恋愛

Best Friend

もしかしたら私たち
出逢うべくして出逢ったのかもしれない
その昔、あなたはやっぱり
私の騎士《ナイト》で
きっと来世も一緒になろうと
誓っていたような気がするの

結婚
Marriage

額に汗して私を背負った
タキシード姿のあなたは
世界で一番カッコいい旦那さま、だね

和洋１回ずつのお色直し。夫の洋一に支えられての撮影

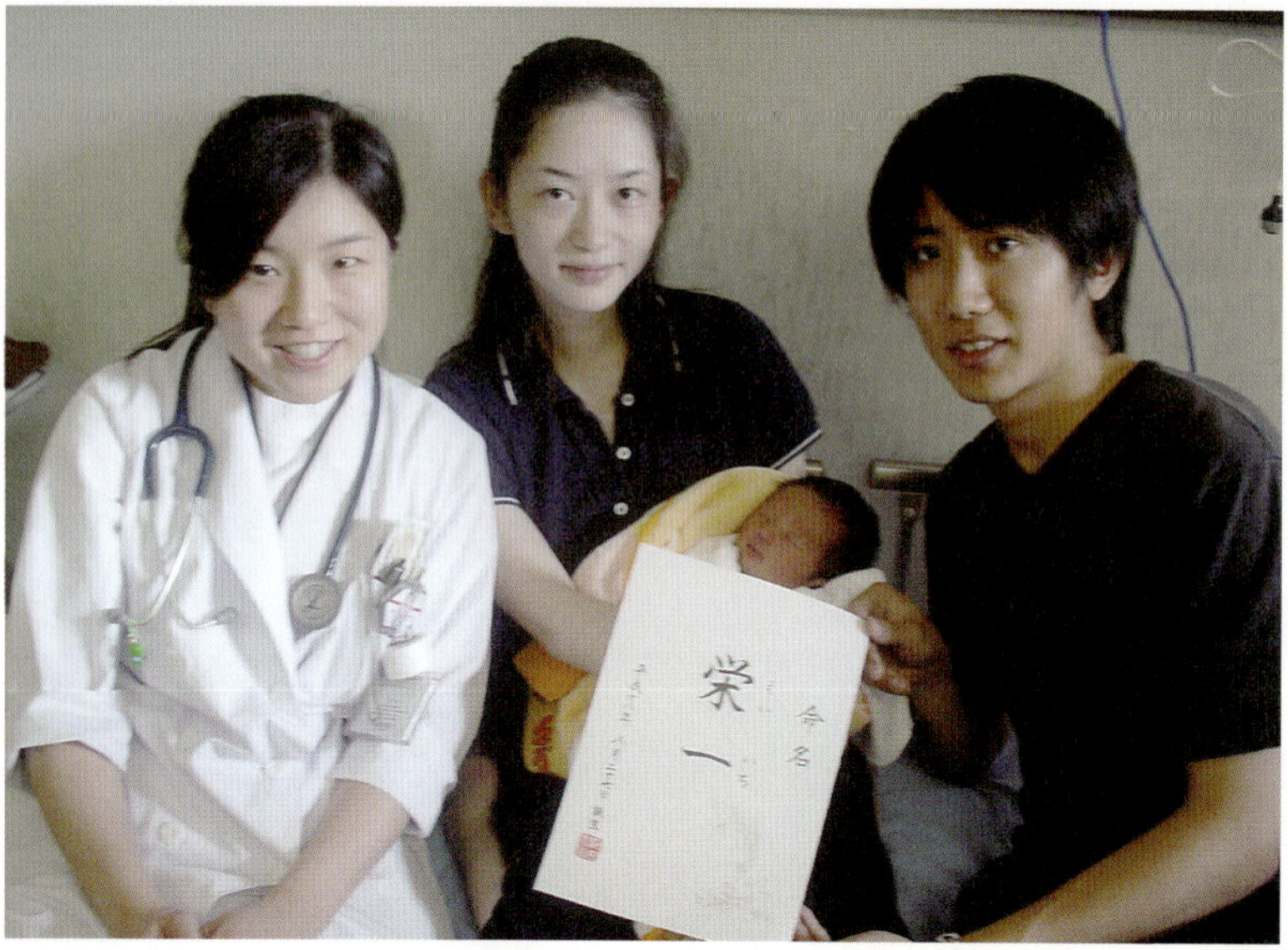

創価高校の同期生で医師になったペンちゃんと

出産
Birth

そこに存在するだけで
勇気と希望がわいてくる
生まれてきてくれて、ありがとう

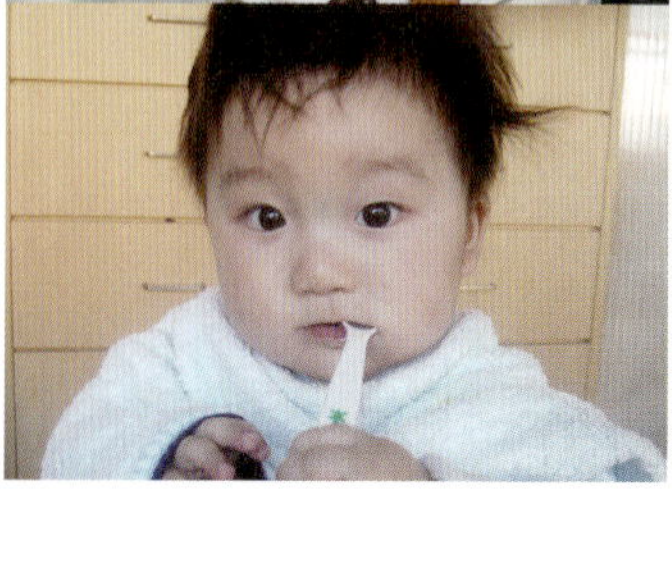
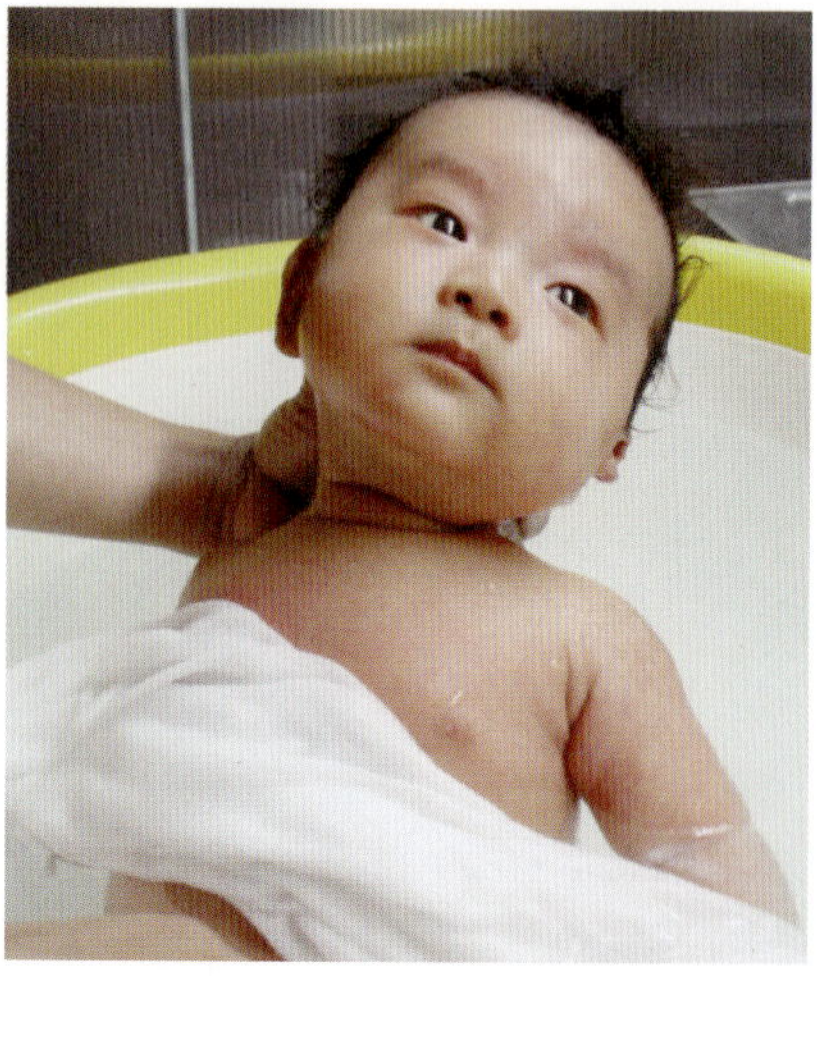

一人息子・栄一の七五三に親子３人で

世界のＤＭＲＶ研究者を囲む会（熊本にて）

活動

Activity

患者会は、難病と真正面から
向き合うことを教えてくれた
私の道しるべ

患者会交流会にて辻美喜男代表と

デンマーク留学と福祉について講演を

厚生労働省に要望書と署名を提出

街頭署名で「難病指定」を訴える

デンマーク留学

Denmark

発見と驚き、障がい者の権利と責任
世界一幸せな国の福祉のあり方に
「日本で何をすべきか？」と、私は自分に問いかける

留学先の学生旅行でノルウェーへ。初のカヌー体験

フレンドリーなオレ校長先生

同級生とは旧知の友のように

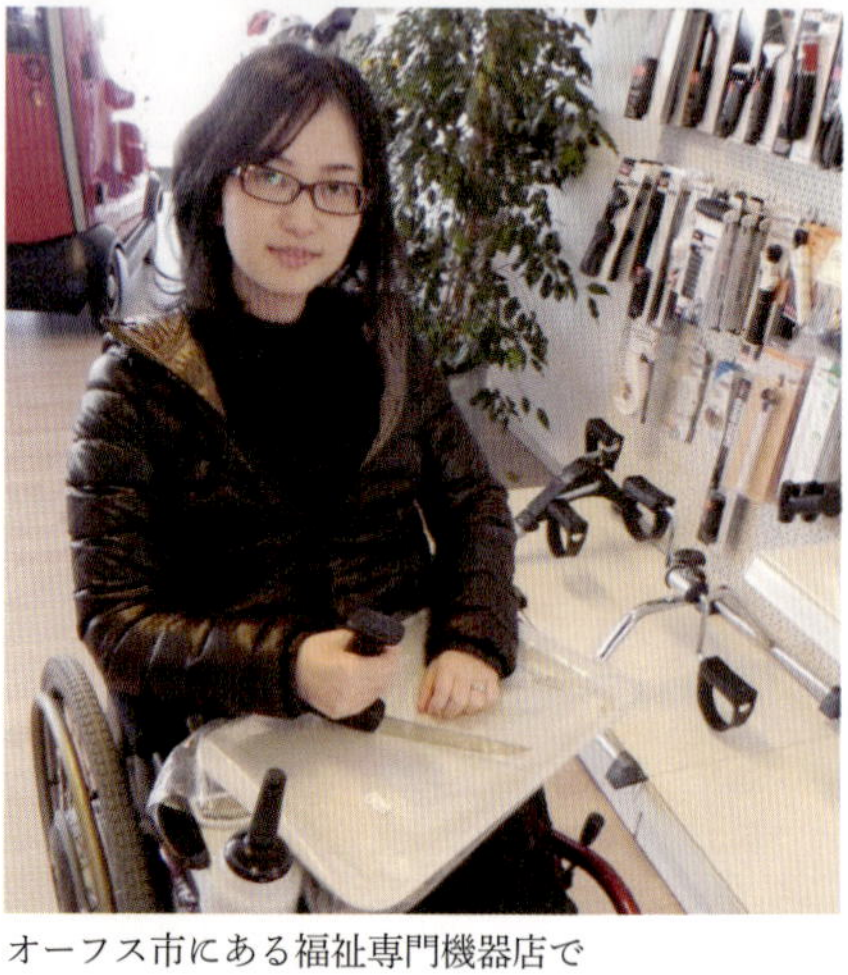

オーフス市にある福祉専門機器店で

デンマークの福祉
制度の生みの親。
筋ジス協会会長の
エーバルド・クロー
さんの自宅にて

クラスメートと。
緑あふれる校庭で
コーヒーブレイク

今いるこの場所で
できることを精いっぱい
頑張りぬいて生きていく
それが私流、未来の創り方

「ふなばしアンデルセン公園」にて。背景はデンマークの職人が造った粉ひき風車

心さえ負けなければ、大丈夫

はじめに

いつの頃からか、私はこの人生が偶然の運命として与えられたものではなく、自分自身が望んで生まれてきたのだと思えるようになっていました。無論、この思いに至るまで幾度となく悩んでは立ち上がり、希望と絶望の間を振り子のように揺《ゆ》れることもありました。

体に〝異変〟を感じはじめたのは、大学二年の頃です。その異変が、まさか車椅子生活を余儀《よぎ》なくされる難病の兆《きざ》しとは――。

二十二歳のとき、大学病院で下された診断は「縁取《ふちど》り空胞《くうほう》を伴う遠位型ミオパチー」という聞きなれない病名でした。

当時、まだ日本の患者数は全国でも一〇〇人程度といわれていました。発症すると手足の筋肉から委縮《いしゅく》がはじまり、徐々に進行して歩くことも立ち上がることもできなくなります。やがては全身の筋肉が奪われ、寝たきりになることを覚悟《かくご》しなければなりません。それは治療法もなく、国の難病指定にもなっていない不治《ふじ》の病でした。

一生のうちに人は誰しも一度や二度の、人生を覆《くつがえ》すほどの試練に巡《めぐ》り合うのではないでしょうか？　三十一年間の私の人生を振り返ったとき、ちょうど三分の二を過ぎたあたりで、難病という思いもかけない試練が立ちはだかりました。

それまでの私は、夢を叶えるのは自らの努力次第だと、目的に向かって全力投球で生きてきました。小さな挫《ざ》折《せつ》は幾つもありましたが、結果として失敗や挫折は血となり肉となり、私という人間を作るための骨格《こっかく》のような役割を果たしていました。

しかし、この病気は別格です。

どんなに回復を願っても、筋肉は蝕《むしば》まれ消えていきます。それは自らの意志や努力でどうにかできるものではなく、私の手の届かないところで勝手に未来が創り変えられてしまうという過酷《かこく》な現実でした。

心を強くもって、決して希望を見失わないでいよう。心さえ負けなければ、大丈夫。必ず未来を切り拓ける。病気に打ち勝ってみせる。そう自分に言い聞かせてきました。

前を向いていなければ、真後ろには絶望という先の見えない崖《がけ》っぷちが迫《せま》っています。支えてくれたのは家族の存在であり、人との絆《きずな》でした。

幸不幸を決めるのは運命や環境ではなく、自分自身の心のあり方だと思っています。何があっても逃げない、負けない、あきらめない心から、難病との闘いがはじまりました。

告知を受けた二〇〇二年、私は不治《ふじ》の病とともに大学四年の秋を迎えようとしていました。それは私を「遠位型ミオパチー患者会」という新たな活動へと導いていく、人生のターニング・ポイントでもあったのです。

織田友理子

目次

装丁／小松陽子デザイン室
写真／雨宮　薫（カバー，口絵1～3・12・16P）
ヘアメイク／渡辺泰子（カバー，口絵1～3・12・16P）
イラスト／riya
編集／福元和夫・宮下ゆう希

第一章

難病・遠位型ミオパチー

告知

二〇〇二年九月、ほぼ一ヵ月にわたった検査を終え、私は都内にある東京医科歯科大学医学部附属病院の一室で、パジャマ姿のまま主治医の前に座っていた。すぐ横には父と母と、少し離れて同じ大学の織田洋一が並んでいた。

長テーブルを挟んで向かい合う主治医の横にも、研修医や幾人かの医師が同席して、みな神妙《しんみょう》な顔つきで私を見ていた。

殺風景《さっぷうけい》な部屋には、これから先の出来事を象徴《しょうちょう》するかのように重苦しい空気が漂《ただよ》っていた。

主治医は一度カルテに目を落とし、おもむろに顔を上げると私の目をまっすぐに見ながら「病名がわかりました」と静かに切り出した。

「聞きなれないとは思いますが、遠位型ミオパチーという病気です。進行性の筋疾《きんしっ》患《かん》です」

心臓が思わずドクンと大きく波打ち、一瞬、時が止まったかのように人の声も気配も消えた。

「友理子」

真横に座った母が不安げな声で私の名を呼んだ。

「大丈夫か？」

ささやくような父の声があとを追う。

見ると、母の向こう側から身を乗り出して見つめる父の目が、珍しく険《けわ》しい色をしていた。

私は我に返って「大丈夫」と鸚鵡《おうむ》返しに答えながら、再び医師のほうへ向き直った。

「この病気は、体の中心から遠い手足の筋肉から委縮《いしゅく》していくもので、日本にはまだ一〇〇人程度しか認められません。残念ですが、今のところは治療法というのがなく、病気の進行についても確かなデータがそろっていないのが現状です」

主治医はゆっくりと説明をはじめた。

原因は遺伝子《いでんし》にあり、両親の変異した遺伝子がそろった場合にのみ発症する難病であること。委縮は脛《すね》のあたりからはじまり、徐々に足の筋力を奪って、やがては歩けなくなること。発症から十年前後で、車椅子の生活を覚悟《かくご》しなくてはならないこと。そして現在の医学では手の打ちようがないこと……。

言葉を選びながらも、医師の告知はまるでカードめくりのように希望のない未来を一つ一つ表返しにして私に突きつけていく。

「難病ということは……、しかし……治療法については、国の研究対象になっているとか……」

父が一言一言かみしめながら、厳しい表情のまま医師に尋ねた。

「残念ながら、現段階では国の難病指定にも入っていません。しかし、患者数が少ないながらも、研究は進められています」

冷房のきいた無機質なカンファレンスルームに、淡々とした主治医の声が響く。感情を抑えた話し方は、残酷《ざんこく》な事実を伝えるため、患者の不安を必要以上にあおらぬ医師としての配慮なのだろう。

父は主治医の説明に何度となく姿勢を正して耳を傾けていた。息をのむ母の気配が空気を通して伝わってくる。そして私は、目の前の現実に呆然《ぼうぜん》としながらも、どこか冷《さ》めた気持ちで「ああ、やっぱり」と心の中でつぶやいた。

実はこのとき、私はすでに病名を予測していたのだった。体の異変は二年ほど前から感じており、検査入院の前にはさすがに不安になって、インターネットで私なりに調べていた。

平坦《へいたん》な道でもつまずいたり、缶ジュースのプルタブが開けられなかったり、大学二年の頃から予兆《よちょう》はあった。三年生になると症状はもっとはっきりしてきた。教室の移動に手間取るようになり、学校に持ち運びする本さえも重たく、ハードカバーの単行本が分厚い『広辞苑』のように感じられた。

友達から「友理子、歩き方がちょっとおかしいよ」と言われはじめたのも、この頃だった。油断をすれば、すぐにつまずき、一日一回まるで儀式のようにキャンパス内のどこかで転んだ。

いつからか朝は必ず、「今日は転びませんように」と祈るのが日課になっていた。おしゃれよりも安全第一。私は好んで履《は》いていた踵《かかと》の高いヒールをやめ、歩くときはバランスをとるために鞄を肩から斜め掛けにするようにしていた。

大学四年の夏、母に付き添われて病院の門をくぐる頃には、私の異変はもはや誰の目にも明らかだった。

そのせいか、医師の口から過酷《かこく》な病状を説明されても涙はこぼれなかった。車椅子の生活がどのようなものか、想像がつかなかったこともある。筋肉が衰えていく病気の深刻さを知らなかったことが、かえって自分を追い詰めないですんだのかもしれない。

真っ白になった頭が冷静さを取り戻すにつれて、私は早くも自分の取るべき態度を考えはじめていた。

なによりもまず両親を悲しませないこと。そして自分の心を見失わないこと。難病の告知は天国と地獄がひっくり返るような出来事だが、じたばた泣き叫んでも病気が逃げていくわけではないと思った。

自らの努力でどうにかなるものなら悩みもするが、どうにもならないものを悩んでも仕方なく、くよくよ思い悩めば体ばかりか心まで弱っていく。一番恐ろしいのは病魔の思うつぼにはまって、心が負けてしまうことだった。

なにしろ、ただの病気ではないのだ。治療薬も治療法もない不治《ふじ》の病。原因が遺伝子にある以上、治すには私という人間が生まれる前にさかのぼらなければならない。突き詰めていけば、この運命は私がこの世に生を受けたときから定まっていたことなのかもしれない。


「ここからが本番」

不意にそんな言葉が脳裏《のうり》に浮かんだ。

本当の勝負とは窮地《きゅうち》に追い込まれてからはじまるものだ。

立ちはだかる壁がどれほど大きくても、心さえ折れなければ逆転のチャンスはいくらだってある。気持ちさえ負けなければ、いつか必ず病気を克服《こくふく》できるはず。それが治療法のない難病であったとしても……。

私は医師と父の会話を聞きながら、じわりじわりと闘志がわき上がってくるのを感じていた。

どんな困難に遭遇《そうぐう》しても、道は必ず未来へ続いている。その道は、ほかの誰でもない私自身が、頭と心をフル回転させて創り上げていく道なのだ。

「闘う敵がわかって、かえってスッキリした気がする。悶々《もんもん》とするより、ずっと気分は楽だし」

病室に戻って両親に言った言葉は、意地でも強がりでもない私の本音《ほんね》だった。

父は「そうか」と小さくうなずくと、宣誓《せんせい》でもするかのように私の前に立ち力強く言った。

「それじゃ、一緒に頑張ろう」

そのとき、泣くまいとこらえていた母の目から、初めて大粒の涙がこぼれ落ちた。

公認会計士をめざして

告知に立ち合ってくれた織田洋一は、私が創価大学に入学して二年の頃から付き合いはじめたボーイフレンドである。交際をスタートしてから二年とちょっとだが、私たちは早くも将来の結婚を意識しはじめていた。

といっても検査入院の前まで、洋一のことはずっと両親に隠してきた。「男というのは、社会に出てからでなくては、本物かどうかわからない」という父の持論《じろん》にそって、表立っては「大学在学中は特定の彼を持たない」ということにしていたからだ。

だが頻繁《ひんぱん》に見舞いにやって来る洋一の存在は、とうとう隠《かく》しきれなくなってしまった。入院中、うすうす気づいていた母に紹介すると、母はにこやかに笑いながらも、どこか複雑そうな表情をのぞかせていた。

〝告知の場〟に家族でもない洋一がいたのは、母が同席を頼んだからだ。小さい頃から三人姉妹の長女として、親に甘えることもなく成長した娘の行く末を案じた親心なのか。あるいは包み隠さず見せることによって、私たち二人の将来を冷静に考えさせるためだったのか。いずれにせよ娘を心配する母心が、洋一と私を結びつけていた。

ところで私の病名は、正式には「縁取《ふちど》り空胞《くうほう》を伴う遠位型ミオパチー」という。「distal myopathy with rimmed vacuoles」という英語名を略して、医師の間では「DMRV」と呼ばれる。患者数が極端に少ない希少疾病《きしょうしっぺい》の一つで、いまだ治療の目処《めど》も立っていない難病である。

病気の正体がはっきりとわかったとき、私は「必ず治ってみせる」と心に決めた。

完治《かんち》して元気になった姿を周囲に見せることが、私が病気になったことの意味だと思ったのだ。

しかし、それ以前の問題として治療法もわからず治療薬もないわけで、医者も見放しているわけではないが、研究者も非常に少ない。主治医が言うように「手の打ちようのない」難病なのだ。それならば心の持ちようで病気の進行を食い止めるしかないと考えた。

それに私には人生の大きな目標があった。

クラブ活動に夢中になり、勉強に手を抜いてしまった高校時代を猛反省して、進学が決まっていた大学の経済学部で最も難しい国家試験にチャレンジしようと決めたのが高校三年生のときだった。

めざすは、公認会計士。

この試験がどれほど難しいかというと、言うに及ばず。この頃の合格率はだいたい八パーセント前後で、合格した先輩の話を聞くと勉強時間は一日平均十時間。私のこれまでの勉強量をはるかに超《こ》えた、超人的ともいえる努力が求められるものだった。

そこで私は大学入学とほぼ同時に、在学中の合格をめざして勉強を開始した。

実は医師から病名を告げられたあと、ふと思い出した先輩の言葉があった。

「いよいよというときに、最大の試練がやってくる」

一日五時間、六時間の勉強はザラ。気がつくと十時間ぶっ通しで机にかじりついていることもある。そんな私にとって難病の告知は、まさに〝人生最大の試練〟を告げる時の鐘《かね》だった。

だから……、「試《ため》されているのかもしれない」と思った。

入院の数カ月前に初めて受けた公認会計士試験は、手応えも感じられず惨敗《ざんぱい》だった。今なら病気を理由に夢をあきらめても、自分への言い訳は立つ。

だが病気の告知は、自らの〝覚悟《かくご》〟が問われている気がしてならなかった。それは試験や将来の仕事への覚悟ではなく、私自身の生きる姿勢に対する問いかけのように思えたのだ。

次の試験までは約八カ月。筋肉が消えてしまう病気ではあっても、まだ足も手も充分に使える。

迷うまでもないことだった。誰のためでもなく自分のために、やり切らなければ。

結果がどうであれ、まずは自らが決めた目標に立ち向かわない限り、次なるチャレンジはないのだ。

進行性の筋疾患《きんしっかん》とはいえ、治療法がないために通院は半年に一度。CTで筋肉の委縮《いしゅく》具合を検査したり、血液を採《と》ってCKという血清濃度《けっせいのうど》を調べたりする程度のことだ。

これまでの生活は、すべて会計士の試験ために照準《しょうじゅん》を合わせてきた。卒業に必要な単位は大学三年で取り終えていた。時間は充分にある。やる気も失せてはいない。準備は整っていた。

ただ一つだけ心残りだったのは、大学と並行して通っていた国家試験のための受験専門学校を、途中から通信教育に変えたことだった。

自宅から大学に通っていたときは、通学に二時間半。その後、三年までに単位を取りきるため、二年生から一年半ほど妹と二人で東京都八王子市にあるマンションに移り住んだ。この時期は、午前も午後も目いっぱいに授業を受け、それから都心の専門学校まで通うという恐ろしくハードな生活を送っていた。

すでに病気の兆候《ちょうこう》はあったが、最初の会計士の試験までは無我夢中でそれどころではなかった。ところが検査入院の前になると、自宅のある千葉県船橋市から専門学校までの、たった一時間の通学が辛くてたまらなかった。

電車の乗り降り、階段の上がり下がり、遅刻しないよう倍の時間をかければ人込みの中で体力が消耗する。

エレベーターのない駅の階段はそそり立つ断崖《だんがい》のように思え、人波になぎ倒されてしまわないかとビクビクしながら手すりにしがみついて歩いた。

体が思うように動かないというのは想像以上のストレスで、通学は身の危険すら感じるようになっていた。努力をすれば必ず夢は叶うと信じていても、強い意志だけでは、どうしようもない現実がある。

一生を懸《か》けようと決めた夢に向かって、努力すら思い通りにはできないのだろうか……。

挫《くじ》けまいと思うそばから心が萎《な》えていく。

両親に勧められ、じっくりと検査をする気になったのも、手に負えない体の異変ばかりではなく、心を覆《おお》いはじめていた不安の正体を突き止めたかったからでもある。

だから病気が遠位型ミオパチーとわかったとき、私は悲嘆《ひたん》よりも闘志がわき起こった。

が、敵もさるもの、一筋縄《ひとすじなわ》ではいかない。

まっしぐらに公認会計士をめざしてきたが、ここへきて大きく軌道修正を迫られた。勉強のやり方が通学から通信に変わっただけなのに、不敵な病魔にしてやられたようで、やはり悔しかった。

別れの決意

さて、試験勉強の態勢《たいせい》も気持ちも切り替え再スタートを図ったが、心の片隅にくすぶった苛立《いらだ》ちや将来への不安はぬぐいきれなかった。

難病の告知を受けた大学四年の秋は、朝から晩まで勉強漬《づ》けの毎日で、めったに大学へ顔を出すこともなく、それがまた鬱々《うつうつ》とした気分に拍車をかけた。

こんなとき不安やいらいらをストレートに打ち明けられるのが織田洋一で、創価大学の法学部に在籍していた。

私が洋一と初めて会ったのは、国家試験研究室という大学内のゼミナールだった。ゼミの目的は、公認会計士や税理士や難易度の高い国家公務員、もちろん司法試験も含め在学中に資格の取得をめざすことで、キャンパス内の独立した建物の中に自習室や資料室なども完備されていた。

洋一は、そこの同じゼミ生だった。

初めて口を利いたのは大学一年の秋に行われた簿記二級の試験会場で、友達同士が集まっておしゃべりに花を咲かせていたときだ。

私は試験の出来に手応えを感じていたので、高揚《こうよう》した気分のまま、あそこができたとか、ここはこうだったとか、勢いに乗って話していたように思う。洋一は黙ってみんなの話を聞いていたが、なんとはなしに洋一のほうを向くと必ず目が合った。なんだか、常に見られている気がしてならなかった。

それ以来、キャンパス内で会うと挨拶を交わすようになった。そのうちゼミで会う機会も増え、少しずつ話をするようになり、大学の食堂で一緒になると隣り合ってご飯を食べるようにもなった。

ただしそれは、ごく自然な流れの中で、私としてはあくまでも友達感覚だった。

洋一の出身は長崎県で、父親は県会議員、下に妹が二人いる。見た目はちょっと今風のイケメンだが、中身は至って真面目で、今どきには珍しいほど寡黙《かもく》な人だった。交際を申し込まれたのは大学二年の夏のことで、以来、親しい友達の間では公認の仲だった。

だが、デートといってもたまに映画を観に行く程度。公認会計士の勉強に明け暮れる私は、学校にいてもゼミ室か図書館で黙々とテキストと向き合っていた。

そのせいか洋一は、付き合いはじめた頃から毎日のように車で学校までの送り迎えをしてくれた。

その頃、私は京王八王子駅近くに住んでいたが、毎朝、マンション前の大通りで洋一の軽自動車が私を待っていた。学校までのわずか数十分間が、洋一にとっては何の邪魔も入らない二人だけの時間だったのかもしれない。

誰よりも人一倍、私のことを心配し大切にしてくれる。それは充分過ぎるほどわかっていた。私が健康な体ならば、ずっとそのままでよかった。私も洋一の優しさに応えることができるから……。

しかし告知を受けてからというもの、私は悩みを打ち明けるどころか、洋一との別れを考えるようになっていた。なにしろ体が思うように動かない。家の中の日常はさほど問題なかったが、外に出れば支えなしで立つことも歩くことも難しい。

このまま付き合い続けたら、さらに洋一の負担が大きくなる。そして、私が洋一にできることは少なくなるばかり。一緒にいることで彼の自由を奪ってしまうことにもなりかねない。

前途洋々な洋一の未来が、私のせいで閉ざされたりしたら……。彼のお荷物になる前に決着をつけなければ……。そんなことばかり思うようになっていった。

「私たち、別れたほうがいいと思うんだけど……。お互いの将来のために」

十月の半ば頃だっただろうか、私はわざわざ船橋までやって来てくれた洋一に思いきって別れ話を切り出した。

洋一は大して驚きもせず、冷ややかな目で私を見つめながら「別れる気はないよ」

と不機嫌に答えた。

「私、同情で付き合われるの、たまらないし。この先、車椅子になるかもしれないし……」

「だから、何？」

「だから、お互い傷が深くならないうちに、別れたほうがいいと思う。そのほうが洋一のためだし」

私は冷静さを装っていた。

「それってさ、ほんとに僕のため？　友理子自身のプライドのためじゃないの？」

その瞬間、私は固まっていたかもしれない。

「僕は別れないよ。友理子と僕自身のためにね」

押し黙る私に、洋一はいつもと変わらず訥々《とつとつ》と言葉を続けた。私は返事のしようがなくて、「ふーん」と他人事《ひとごと》のように相槌《あいづち》を打った。

衰《おとろ》えていく体に加え、これ以上、惨《みじ》めな思いをしたくないばかりに、先に洋一を振ってしまおうと思っていた。その姑息《こそく》さを洋一は見抜いていたのだ。

「僕はさ、目標に向かって、まっすぐに頑張る友理子が好きだよ。ちょっと我がままで、気が強くて手は焼けるけどさ。とにかく今はよけいなことを考えないで、会計士の勉強に集中すべきなんじゃないの？　肉体的なことはフォローできるけど、試験は手伝えないからね」

洋一は珍しく雄弁だった。

普段は無口でも、ここぞというときは後へは引かない。それが洋一の隠された本質で、普段は見せない芯《しん》の強さでもあった。

私は取りつくろいがばれて恥ずかしくもあり、洋一の変わらない優しさが心強くもあり。けれど強がった手前、本心を口にすることはできなかった。

「別に試験を手伝ってもらおうなんて、これっぽっちも思っていませんから」

私はつんけんしながら、心とは裏腹なことを言った。

衰えゆく筋肉

遠位型ミオパチーは、運動したり筋肉を鍛《きた》えたりすることが逆効果になってしまう厄介《やっかい》な病気である。

通常、筋肉はトレーニングなどで酷使《こくし》することによって、いったん筋細胞が破壊される。ところが、人の体は壊れた部分をすぐに修復しようと活発に再生をはじめ、そこで栄養と休養を上手に摂《と》ると壊れた筋繊維が回復しさらに強くなる。

だが私の病気は鍛《きた》えようとして無理をすれば筋肉は壊れ、再生が追いつかずに、かえって細胞が弱小化し逆効果になってしまうのだ。

病気の告知を受けたのは二十二歳だったが、推定発症は二十歳で大学二年にさかのぼる。

その頃はまだ運動不足が原因だと思い、プールに通ったり犬の散歩で長時間歩いてみたり、妹と二人でマンション暮らしをしていたときは、足腰の筋肉を鍛えるつもりで十一階の部屋まで階段を昇り降りしていたこともあった。

もちろん水泳も犬の散歩も階段特訓も、疲れ過ぎて筋肉痛がひどくなるばかり。後悔《こうかい》先に立たずだが、私は貴重な筋肉を自ら破壊していたことになる。

さて、年が明けて二〇〇三年になってからも、私は五月の試験に向けて猛勉強を続けていた。

当時の公認会計士の試験は、簿記、財務諸表論、原価計算、監査論、商法から出題される短答式《たんとうしき》試験と、この五科目に加えて経営学、経済学、民法の中から二つを選択して計七科目で行われる論文試験に分かれていた。

五月に行われるのは短答式試験で、これに合格して初めて論文試験へと進める。試験時間は短答式で三時間。論文は一科目が二時間。学力もさることながら、これはもう立派な体力勝負だと思った。

遠位型ミオパチーは、目に見えないところで筋肉が少しずつ失われていく病気である。病院で告知を受けてから半年、心なし筆圧《ひつあつ》も電卓を叩《たた》くスピードも衰えているような……、おぼろげな不安が少しずつ心の中を占領《せんりょう》しはじめていた。

二〇〇三年三月、洋一と私はともに大学を卒業し、私は二度目の短答式試験に向けて寝る間も惜しんでラストスパートをかけた。

しかし、この頃になると椅子から立ち上がることもスムーズにはいかなかった。同じ姿勢を長時間続けていると、膝《ひざ》から下は鉛《なまり》のギプスでもつけたかのように重くなる。

私はまず両手を机の上につき、腰から背中へ向かって力を入れながら姿勢を正し、最後に両足を踏ん張りながら立ち上がる。以前は気にも留《と》めなかった動作に、いちいち脳から指令を出さなくては行動できなかった。

再スタートを切ってから八カ月後の五月、準備は不十分ながらも私は二度目の試験に臨んだ。

合否の発表は一カ月後。だが、結果は見なくてもわかっていた。

「どうだった?」と聞く洋一に、私はあっさり「ダメだと思う」と答えた。

洋一は早くも、「いろいろあったんだから、仕方ないよ。また来年、頑張ればいいよ」とやんわり励ましてくれた。

合格発表の日、インターネットで確認をすると、案の定、不合格だった。

体力の問題だけではない。専門学校を通信教育に切り替えるなど状況の変化もあった。集中力も欠き、学習量の不足も否《いな》めなかった。もろもろのことを考えると、私自身も当然な成り行きとして受け止めることができた。それにまだ、「来年」という希望があった。

だが病気はゆるやかに、そして確実に進行していた。

夏が過ぎた頃には指先に力が入らなくなるばかりか、手から腕にかけての筋力が衰えはじめているのがわかった。分厚いテキストや条文を持つことさえ難儀《なんぎ》するようになり、気が緩《ゆる》むと握ったペンをすぐに落としてしまう。

自分の体にもかかわらず、自分の意思では動かなくなっていく。じかに目で確かめることのできない体の中の変化が、次第に「無理かもしれない」という強迫観《きょうはくかん》念《ねん》にすり替わる。

心を強くして決して病気に負けないと固く誓っていながら、少しずつ不安が頭を持ち上げ、そして少しずつ気持ちが焦《あせ》りはじめた。

秋から冬へと季節が変わり、検診で握力を測ると数値は七キロに落ち込んでいた。普通の女性の平均が二九キロ前後なので、数値を単純に比べても相当低い。

私は滅《め》入《い》りそうになる気持ちを奮い立たせるために、ちょっと高価な水性ペンを買い、椅子には姿勢を支えるクッションを置いて工夫したり、大好物のお寿司でお腹を満たしたり、少しでも気持ちが前向きになるようにささやかな努力を重ねた。

それでも試験が近づいてくると、再び不安がよぎりはじめた。

――果たして試験時間内に、問題をやりこなすことができるのだろうか。

頭に知識を叩き込んでも、肉体が応えてくれなければ結果には結びつかない。不安は春霧《はるがすみ》のように静かにおぼろげに広がっていった。

実らない努力

私は折れそうになる心に鞭打《むちう》ちながら、しゃかりきになって勉強を続けていた。

二〇〇四年の年が明け、例年より暖かい冬に、寒がりな私は気分的にも助けられた。三月に入るとTシャツ一枚でも過ごせるような陽気が続き、春が来て、桜が咲いて、五月はすぐにやって来た。

試験会場は高田馬場にある早稲田大学。会場は四階。エレベーターのない校舎だった。

私の体を心配して試験会場まで付き添ってくれた洋一は、私が階段の前で躊躇《ちゅうちょ》していると、ためらいもなく「おぶってあげるよ」と背中を向けてしゃがみ込んだ。

「えっ、でも、ここで？」

「こんなところで体力を消耗《しょうもう》しないほうがいいよ。目をつぶっていれば、人の視線も気にならないでしょ」

ちょうど昼どきで、受験者たちはみな校舎のあちこちで最終チェックに余念がない。さっさと上がってしまえば気づかれないかもしれないが、けれど、さすがに、こんな公共の場で洋一に背負われるのは……。

「友理子」

戸惑っている私に、洋一は決断を促《うなが》すように声をかけた。

「大事なのは試験だろ。人の目なんか、気にしてる場合じゃないよ」

洋一はこれまでの私の努力も、この場の私の気持ちも承知のうえで言っているのだった。

私は黙ってうなずくと、洋一の背中に体を預けて目を閉じた。細身に見える洋一の背中は、思いのほか大きくて温かかった。

三十分ほど早く席に着くと、私は他の受験生同様、持参したテキストに目を通した。試験の開始は午後一時からはじまり、途中休憩なしで午後四時まで続く。

試験開始の合図とともに私は一心不乱に問題を解き、マークシートを塗りつぶし、電卓を叩いた。時間ぎりぎりまでねばってシャープペンシルを置いたときには、窓の外は陽《ひ》が傾きかけていた。

あまりにも夢中になって試験と格闘していたために、終わったときは体が前のめりになったまま、すぐに体勢を立て直せなかった。それでも、やれるだけのことはやったという達成感はあった。

結果は二の次、まずはやり切ったことに意味がある。合格をすれば、次は論文試験。不合格ならば、また新たな道を探ればいいのだ。

——と、このときは本気でそう思っていた。


そして一カ月後。インターネットに掲載されていた合格発表の中に、私の受験番号はなかった。

またしても失敗だった。

私はマウスを上下に動かし、スクロールを繰り返しながら、パソコン画面を何度も行ったり来たりした。

「予想していたことだし……、まあ、こんなもんかな」

強気な言葉を吐きながらも本心は複雑だった。

期待半分、あきらめ半分、落ちたときの心の準備までしていたにもかかわらず、気持ちは思った以上に沈み込んだ。

公認会計士ばかりが人生ではないことは充分にわかっていた。落ちる予想も少なからずあった。そして進行性の筋疾患《きんしっかん》を患う自分に、「この次」がないことも承知していた。

だが、私が最もこたえたのは、これからの人生が決して思い通りには運ばないという現実だった。

「今まで頑張ってきたことは、何だったの？」

言葉にすれば、よけいに重たくのしかかってくる結果を前に、将来への不安がバルーンのように膨《ふく》らんでいく。

努力が報《むく》われないことの意味は何なのだろう？　病気がわかっても、挑戦をあきらめなかった自分は何になるのだろう？

抑えていた疑問が次から次へとあふれ出し、いつの間にか涙が頬を伝っていた。

進行性筋疾患の現実

三度目の失敗のあと、私はしばらく何もする気が起きなかった。

家族も洋一も、寄り添うように私を見守ってくれてはいたが、どこか心にぽっかり穴があいたような、悔《くや》しさとも虚《むな》しさとも言えない、頭が考えることを放棄《ほうき》した虚《うつ》ろな状態だった。

机の上に残された参考書が、うずたかく積み重なっていた。ピンクや黄色のラインマーカーに彩《いろど》られたテキストは、まるで祭りの跡のように熱を失い色彩だけが浮いていた。

短答式《たんとうしき》試験の結果がわかると、勉強に明け暮れていた毎日から、一転、何もすることのない日々へと変わった。ぼんやりしていれば、ただ漠然《ばくぜん》と先の未来を不安に思い、いつの間にか過ぎたことを繰り返し思い出しては悔やんでいる。

過去を反省材料として前へ進むならよいが、後悔《こうかい》のために振り返るのは嫌だった。私はなるべく試験のことを考えないように、頻繁《ひんぱん》に洋一と会い、友達と出かける回数を増やした。

しかし、そこでも進行性の筋疾患《きんしっかん》の現実が私を憂鬱《ゆううつ》にするのだった。

春にはできていたことが、数カ月後にはできなくなる。朝、起き上がるとき、家の階段を上がるとき、ささいなことで筋肉の衰えを感じる。

パソコンのキーボードを叩く指の力も、シャープペンシルを持つ手も、本を抱える腕の力も、気づけばみな一様に弱まっている。

日常生活の中で感じる不便は山のようにあった。だが、それはあくまでも日常の不自由さだと思っていた。

人と同じ歩調で歩くことができなくなっていた私は、友達と会うときは先に店を決めて、そこで待つようにした。そうすれば気兼ねなく自分のペースでゆっくりと歩いていける。

ところが待ち合わせに選ぶ場所は、これまで何度となく行った店が多かった。すると比較するつもりがなくても、同じようなシーンで自分がとる行動の違いにハッとさせられるのだ。

立ち上がるとき、ちょっと椅子をずらすとき、ささいな動きにもたついた。

人には気づかれなくても、筋肉が消え去っていく現実が否応《いやおう》なく目の前に突きつけられる。

せっかく気分を切り替えようと外出しても、帰ってくるときは気分転換どころか、逆に浮かない気持ちになってしまう。進行性の病の現実が重く心にのしかかってくるのだ。

それに本当は、まだ会計士になる夢をあきらめたわけではなかった。さばさばと割りきって見せたのは、せめてもの私のプライドだった。

私は少しずつ引っ込み思案になっていった。


「家の中にばかりいたら、体にも良くないんじゃないの？」

それは、さりげない会話からはじまった。

よほど浮かない顔をしていたのかもしれない。母は私の心境を察して「気分転換でもしたら」と声をかけただけなのに……。

「それって、私への当てつけ？」

自分の言葉に思わずハッとするほど、私の返事はきつかった。

胸の奥には休火山《きゅうかざん》の地下で沸々《ふつふつ》と燃えたぎるマグマのように、整理のつかない不安や悔しさが渦巻いて、もはや自分でも抑えきれなくなっていた。

母は「え？」と、耳を疑うように私の顔をまじまじと見つめた。

「私だって、家にいたくて、いるわけじゃないのよ。外に出たくたって、体がいうことを利かないんだから、仕方ないじゃないっ」

「友理子、何を言ってるの。そんなことママだって、わかってるわよ」

「だったら、私の気持をえぐるようなことは言わないで」

「だから、そんなつもりで言ったわけじゃないでしょ」

「じゃあ、どんなつもりなの？」

もう止まらなかった。

こらえていた感情のタガが外れて、自分で自分の心をコントロールできない。言えば母を苦しめるとわかっていながら、やり切れない思いが洪水のようにあふれ出すばかりだった。

「あなた、少しおかしいんじゃないの？　会計士の試験に落ちたからって、それで人生が終わったわけじゃないでしょ。友理子なら、ちゃんと気持ちを切り替えて、自分にしかできない道を見つけられるでしょ。これまでだって、そうやってきたじゃない」

「そうよ、ママ。私は私なりに、これまでだって何一つ親に相談しないで、ちゃんと乗り越えてきたわよ」

「だったらあきらめないで、また頑張ればいいじゃない。ママだって、いろいろ責任を感じてるんだから。だから、応援するから。友理子の力になるから」

母は私の嫌みな言葉を受け止めながら、必死になって私をなだめようとした。けれど母が気を遣って励まそうとすればするほど、私の感情は逆方向へと走り出していく。

「もう、いい加減にしてっ！　自分の気持ちくらい、自分で処理できるからっ」

とうとう私は母に向かって声を張り上げてしまった。そして母の思いを踏みにじるように、決して言ってはならないことを口走っていた。

「私が病気なのは現実なんだし、それを自分で受け止めていくしかないじゃない。

病気のことで親を責めようと思えば、いくらだってできるわよ。でも、そんなこと言ったって、この病気が治るわけじゃないでしょっ。だからもう私のことに、いちいち口を出さないでっ！」

高ぶった感情は止《とど》まるところを知らなかった。

母は呆気《あっけ》にとられたように私を見ていたが、困ったような悲しげな顔をすると、黙ってキッチンに立った。

後悔先に立たずとは、こういうときのことを指すのだろう。私は言った先から、いたたまれなくなっていた。

母は私に背を向けながら、泣いていたのかもしれない。台所の片隅で、細くて小さな背中が波を打つように小刻みに震えていた。

母の背中に誓ったこと

「ミオパチー」とは医学用語で筋肉疾患《しっかん》のことを言う。「ミオ（Myo）＝筋肉」と「パチー（Pathy）＝病気」を合体させた熟語だ。
疾患《しっかん》の主な特徴は、体を動かすための骨格筋《こっかくきん》が委縮《いしゅく》することによって、筋力が著《いちじる》しく低下し、歩行どころか日常生活もままならなくなる。

一般的に筋委縮性の病気といえば、筋ジストロフィーが知られているが、遠位型ミオパチーは、それとはちょっと違う。

筋疾患には大きく分けて二通りの原因があり、一つは筋肉そのものに異常が起きるミオパチーと、もう一つは筋肉を動かす神経に原因があるニューロパチーがある。筋ジストロフィーも遠位型ミオパチーも大まかには同じ種類だが、体の中心に近い筋肉から委縮が進行していく筋ジストロフィーと違って、私の病気は心臓から離れた手足の筋肉から委縮がはじまる。

また、一口に遠位型ミオパチーと言っても、さらに幾つもの種類に分かれ、日本では主に「縁取《ふちど》り空胞《くうほう》を伴う遠位型ミオパチー」「三好《みよし》型遠位型ミオパチー」「眼咽《がんいん》頭《とう》遠位型ミオパチー」に大別される。私の病気は最初の縁取り空胞型タイプで、日本には現在、推定で三〇〇人から四〇〇人の患者がいるといわれている。

ところで人間には四十六本の染色体があり、そのうちの二つは性染色体で、残りの四十四が常染色体だ。この常染色体の中には、約二万五〇〇〇種類ほどの遺伝子がある。

少し前の学説になるらしいが、染色体は両親それぞれから受けついたものが二本一組となり、この二つのどちらか一方にだけ変異のある遺伝子が、実は健康な人の中にも平均で七個はあるという。

ということは、誰しも体の中に二万五〇〇〇分の七の変異した遺伝子を持っていることになる。同じ遺伝性の筋疾患《きんしっかん》であっても、たった一つの遺伝子の変異だけで発症する病気もあれば、私のように両親の変異が二つそろって初めて発症する病気もある。

さて、遠位型ミオパチーの場合は、第九染色体と呼ばれる中の「ＧＮＥ」という遺伝子に変異があることまでわかっている。

両親もそれぞれ二本一組の染色体を持っているわけだから、遺伝子の変異がそろうのは、この段階では四分の一の確率になる。同じ姉妹でも遺伝子の組み合わせが異なれば、保因者《ほいんしゃ》であっても病気にはならない。私はうまい具合に、この遺伝子の組み合わせが合致《がっち》してしまった。

しかし原因が遺伝子であれ、私は病気になったことを決して親のせいだとは思わない。会計士の試験に落ちたあと、母との口喧嘩で思わずきついことを言ってしまったが、この病気になったことは必ず私の人生において何か大きな意味があるはずだと思っている。

二万五〇〇〇分の七のうちの一つが、たまたま第九染色体にあることだって奇跡に近い。ましてや一億二千数百万いる日本人の中で、同じ染色体に変異を持っている者同士が出会って結ばれることを考えると、病気の発症率は天文学的な数字になる。

それはもう偶然などというまぐれではなく、必然性を持って巡り合ったのではないかとすら思うのだ。

多くの医師たちは「たまたま出合ってしまった」と言うが、本当にそれは万に一つの偶然なのだろうか？

二〇〇四年夏、公認会計士の夢をあきらめた二十四歳の私には、この意味はまだ深い霧の中にあった。

母に八つ当たりをして、むごいことを言ってしまったあと、私はしばらく落ち込んで、まともに顔を合わせることができなかった。

けれど母は何ごともなかったように得意の料理の腕をふるって食事を作り、にこやかに振る舞っていた。そういえば検査入院のときも、病院食を嫌がる私のために、毎日、お弁当を届けてくれた。あえて仕事を持たず、専業主婦として家族のために生きる母の姿は、同じ女性として私には眩《まぶ》しく思える。

矛盾《むじゅん》しているようだが、あの日、私は母の小さな背中を眺めながら、この病気に決して負けてはいけないのだという思いを新たにしていた。

どんなに辛くとも目の前の現実を受け入れ、希望を抱き未来へ向かって自分の人生を築いていく。その前向きな生き方こそが、母や父を一番安心させることなのだと気づいたのだ。

手や腕同様、足の筋力も衰え、歩くこともままならない。流行のパンプスを履《は》いて、颯爽《さっそう》と街を闊歩《かっぽ》することなど夢のまた夢になってしまった。

だが私は生命《いのち》のある限り、この人生をまっとうする。どんな困難があっても決して音を上げたりはしない。それは変異した遺伝子が私を選んだのではなく、「縁取《ふちど》り空胞《くうほう》を伴う遠位型ミオパチー」という難病を、私が選んでなったとすら思うから。「病気を克服《こくふく》して、必ず人のために生きる。世界中の、自分にかかわるすべての人を巻き込んで、周囲を幸せにしていける人間になる」

大学の卒業文集に書いた私の思い。この決意は、今も私の中で脈々と生きている。

第二章

青春、プレイバック

絶対音感で勝負

運動が苦手なのは、今にはじまったことではない。思えば中学生になったあたりから、体育というだけで気分が憂鬱《ゆううつ》になっていたように思う。

どこか遊び感覚の中で走ったり、ドッチボールをしていた小学校時代と違い、中学校に入った途端に体育が一気にレベルアップした感じだった。

学校のクラブ活動にも経験豊富な顧問《こもん》がついて、運動部は他校との練習試合も多い。先生方の気合も格段の差で、無論、生徒の真剣度もぜんぜん違っていた。

そうなると、もともと体育が苦手なうえに運動能力が並み外れて欠落している私としては、同級生にはまったく太刀打《たちう》ちができなくなった。

私の住んでいる船橋市は「スポーツ健康都市宣言」というのをしているため、通っていた船橋市立御滝《おたき》中学校でも体育や部活動にことのほか力が入っていた。

ところが私ときたら走るのは遅いし、鉄棒の逆上《さかあ》がりもできないし、跳び箱はいつも途中で尻がつく。なんとかみんなについていけるのは、球技とダンスと水泳くらいで、勝敗が絡めばチームの足を引っ張るだけの厄介者《やっかいもの》だった。

中学三年間を通して、体育がある日は気が重いというより、ただただ憂鬱《ゆううつ》で、運動会シーズンは徒競走《ときょうそう》を思い浮かべるだけで暗澹《あんたん》たる気分になった。

担任は「運動は努力の積み重ねですから」と言って首を傾《かし》げたが、私は手を抜いたり努力を怠《おこた》っていたわけではない。ことに走りについては、どんなに頑張っても結果は出なかった。もはや苦手などというレベルではなく、運動能力そのものが私に備わっていないという身体的な問題だった。

それでも私はあきらめまいと、私なりに努力をし続けていた。しかし、そういう自分の姿が痛々しく思われることのほうが私にとっては痛い話で、中学も半ばになってくると、私はあえて気にしない素振りでごまかすようになった。

もちろん、心のうちでは悶々《もんもん》と悩み続けていたが……。

ちなみに私には二人の年子の妹がいるが、そちらはごく普通で、運動音痴《おんち》はどうやら私だけの突然変異のようだった。

そんな私が唯一《ゆいいつ》、自信をもてたのが音楽だった。

三歳からピアノを習っていたこともあって、私は幼稚園の年長になると、行事のときには代表でピアノ伴奏をするようになっていた。さらに誰もが知っているような曲は、この頃からほとんど楽譜を見ないでも弾けた。それを見た先生が本気で驚き、私は内心、得意満面だったのである。

従って中学に入ると、私は迷うことなく管弦楽部に入部した。楽器でフルートを選んだのは、小学生のときに所属していた鼓笛隊で吹いていたからだった。

管弦楽部の練習は毎日。部員のほとんどが中学に入学してから楽器をはじめたというが、先輩の音を聴いていると中学生とは思えないほど本格的な演奏だった。顧《こ》問《もん》の先生は全国大会優勝の経験を持っており、指導は厳しく、同じ「ド」の音でも微妙な音域の違いを指摘するようなハイレベルなものだった。

自分に〝絶対音感〟があると気づいたのも、この頃だ。一音を聞いただけで、それが何の音かすぐにわかる。他のフルート奏者の音が微妙《びみょう》に違っているなと思うと、先生もまた繊細《せんさい》な音のズレを指摘した。

管楽器はドレミ本来の音階を狙い通りに吹けるようになると、正確で美しい音色を奏《かな》でることができる。フルートは高い音程を出すときは下唇《したくちびる》を使って穴を開き、低い音程ならば穴をふさぐ。ただ音符通りに吹いても、音の微細な高低差が演奏そのものの良し悪《あ》しを大きく左右する。中学生のレベルでは、なかなかそこまでもっていくことは難しかった。

それでも、みな必死に顧問《こもん》の厳しい指導に食らいついていった。すると見る見る上達して、一年もたつと誰もが音楽の魅力にとりつかれていた。

部活動は放課後の練習だけでなく、学校が開《あ》くとすぐにはじまる早朝練習もあり、生徒は競い合うように楽器を手にし練習を重ねた。

ところが私にとっては、この〝朝練《あされん》〟が大きな苦痛だった。

校門が開《ひら》くのが午前七時一五分頃。部員は門の前で鍵が開《あ》くのをじっと待ち、〝開門〟と同時に音楽室にむかって一斉にダッシュする。

なにもそこまで必死にならなくても……と思うのだが、それがクラブの伝統のようになっていて、文化系のクラブ活動にもかかわらず、朝の練習はまるで体育会系のノリ。一番最初に音楽室に入ることが、真剣の度合いを表すバロメーターとでもいうのか、部員たちは毎朝、熱い思いのデモンストレーションを繰り返した。

しかし私は、どんなに頑張っても速くは走れなかった。校門の最前列に並んでいても、あっという間に抜かされてしまう。中学二年生ともなると、もはやこの手の負け戦《いくさ》に精神力と体力を使う気にはなれず、もう居直ってほとんど毎回最後に教室に入っていった。

中学三年生になると、管弦楽部の練習はますます熱がこもった。毎年、春に行われる「ＴＢＳこども音楽コンクール」のテープ審査に通ったのだ。夏には地区大会、冬にはブロック大会、それに通過すれば翌年一月の全国大会へと続く。加えて秋には、「全国学校合奏コンクール」の予定が入っていた。

ＴＢＳの一次審査に通ったことで顧問《こもん》も部員も、みな今年こそという思いが渦巻いていた。しかし、三年生は高校受験も抱えている。私はソロ奏者のパートを受け持ち、受験との板挟みになった。

学校の練習はだいたい夕方の六時過ぎまであった。クラブが終わると私は帰り支度ももどかしく、すぐ塾に向かった。母が少しでも私の負担を減らそうと、学校と塾と家までを車で送り迎えをしてくれたから頑張れたが、そうでもなければ早々に音を上げていたと思う。帰宅が午後九時を回るため、私は塾へ向かう車の中で夕食代わりに母の手作り弁当を頬張った。

第一志望は東京都小平市にある創価学園創価高等学校と決めていた。父や母に無理やりすすめられたわけではない。学校説明会で感じた自由な雰囲気や活気や温かさに魅《み》せられたのだ。学園出身の先輩によれば「勉強がわからなければ、放課後でも教えてくれる。一人の生徒をとことん大切にしながら、子どもの将来を真剣に考える学校」なのだという。

中学生の私には難しい教育方針はわからなかったが、教師が全力で生徒たちと向き合っている姿勢は肌で感じた。当時の創価高校の偏差値は六五前後くらいで、競争率は六〜七倍という狭き門だった。

覚悟は人並み以上

一方、管弦楽部のほうも「ＴＢＳこども音楽コンクール」地区大会での優勝をめざし、練習にも一段と力が入っていた。だが、千葉県の大会は八月。受験生にとっては塾の夏期講習とぶつかり頭の痛い問題だった。

このまま管弦楽を続ければ勉強時間は削《そ》がれ、合格の可能性は反比例して低くなっていく。かといって志望校を変えるつもりは毛頭《もうとう》なく、クラブ活動も手を抜きたくはない。

「二兎《と》を追う者は一兎をも得ず」と言うけれど、頑張る覚悟だけは人並み以上にあった。

挑戦者の前に立ちはだかる壁は、いつだって高い。自信があったわけではないが、闘う前から逃げるのは嫌だった。それに、努力は決して裏切らないと信じていた。

全力投球あるのみ！

「無理しないように」と心配する母を尻目に、「やってやれないことはないでしょ」と、攻めの一手で突き進んだ。

さて、管弦楽部は超ハードな練習を重ねた結果、夏休み中に行われた「ＴＢＳこども音楽コンクール」地区大会をトップで通過し、いよいよ全国を七ブロックに分けた東日本大会に出場することが決まった。

曲目は、グスターヴ・ホルストの組曲「惑星」の第四曲「木星」。

二学期がはじまると、部員たちは授業終了のチャイムとともに、みな一目散《いちもくさん》に音楽室へ駆け込んで練習に没頭した。三年前、初めて楽器を手にした生徒も、見違えるような音色を響かせてハーモニーを作り上げる。一つの目的に向かって全部員が一致団結して心を合わせていた。

そんな中、十月に開催された「全国学校合奏コンクール」の地区予選では、堂々の金賞で千葉県代表に選ばれた。次の地方大会はテープ審査になっているため、こちらはひとまず一段落だった。

管弦楽部は「ＴＢＳこども音楽コンクール」に焦点《しょうてん》を絞《しぼ》り、東日本大会に向けてさらなる猛練習に明け暮れた。

顧問《こもん》にとっては御滝中《おたき》に赴任《ふにん》して四年目の快進撃《かいしんげき》、私たちにとっては、人生初の大舞台。手応えを感じているだけに、みなそれぞれに優勝の夢を抱いていた。

ところがこの間に全国大会に進んだ「全国学校合奏コンクール」が二位に終わる結果となってしまった。仮に僅差《きんさ》であっても二位は二位。優勝しか頭になかった私たちは悔しくて、それからは部員の誰もが寸暇《すんか》を惜《お》しんで練習に没頭《ぼっとう》した。

その年の十二月、東日本大会は東京の浜松町で行われた。

会場には近県から選抜された名門校がずらりと居並び、私は出番を待つ間、生まれて初めて武者震いというのを体験した。ステージに上がり緊張の中ではじまった演奏は無我夢中で、終わったときは、ただただホッとするばかりで、束《つか》の間、放心状態だった。

すべての出場校の演奏が終わり結果発表になると、みな固唾《かたず》をのんで聞き入った。「今年の最優秀賞は……」というアナウンスのあとに、「船橋市立御滝《おたき》中学校管弦楽部」と名前が読み上げられたとき、沸き上がる歓声の中で、私はそれまで味わったことのないゾクゾク感で鳥肌が立っていた。

千葉県は合奏王国と異名《いみょう》をとるほどレベルが高い。その地区大会を勝ち抜き、さらに並みいる強豪校を抑えて優勝したことは、私たちの努力が報いられた瞬間でもあった。さらに翌年の一月、専門家によるテープ審査で、御滝中学校は文部大臣奨励賞として全国一位に輝いたのだった。

一九九六年（平成八年）、「TBSこども音楽コンクール」全国大会優勝、「全国学校合奏コンクール」全国二位。管弦楽部は二つの快挙《かいきょ》に沸いた。

けれど、感涙《かんるい》にむせんでいる暇《いとま》はなかった。二月の半ばには高校受験が控えている。受験本番まで残すは一カ月とちょっとだ。

そこで私は塾をやめて、家庭学習一本に切り替えた。残るは受験校に的《まと》を絞った入試対策。いつまでも一般受験生向けの勉強を続けている場合ではないと思った。

夏に引退した運動部の同級生に比べると何倍も不利だった。だが、これも自分で選んだ道。後悔が残るような勉強だけは絶対にしたくなかった。そのためには過去問から出題の傾向をチェックし、これまでの学習と合わせて力をつけようと思った。

私はすぐに過去十年分の問題集をかき集めた。

そんな私のやり方を応援してくれるように、私立大学で教授をしている父が知り合いに家庭教師を頼んでくれた。

いつも黙って見守り、困ったときに絶妙のタイミングで手を差し伸べてくれる。こうした父の後押しと、日々の母の助けがあって、私は目標に向かってまっしぐらに突き進んでいった。

家庭教師の来ない日は、学校から帰るといったん寝て、夜の九時に起こしてもらい、夕食を食べてから勉強をはじめる。だいたい深夜二時か三時、ときには夜が明けて、気がつくと朝になっていたこともあった。

二月上旬、西武国分寺線の鷹《たか》の台駅から、まるで蟻《あり》の行列にように続く大勢の受験生に混じって、私は玉川上水沿いを学校へと向かった。

――どうか、この道を制服を着て通うことができますように。

万全の態勢でここまできたが、それでもいざ本番となると、十五歳の私の胸は不安が今にもあふれ出しそうだった。

試験は英語・数学・国語の三教科。さらに面接があった。学科試験にはそこそこの手応えを感じていたが、結果は五分五分だと思った。実は中学受験で一度落ちている。手応えなど当てにならいことは経験ずみだった。

受験から数日後の合格発表の日、私は今か今かと家で通知を待っていた。

当時はまだインターネット上のホームページがなくて、遠方の受験者には郵便局のレタックスで合否が知らされる。

母も父も時遅しと待ちわびていたが、こういうときに限ってなかなかやって来ない。昼になり小雪が降り出し、とうとう両親は出かけてしまい、私は粉雪を眺めながら次第に心細くなっていた。

そこへ車の止まる音がして、郵便配達が結果を運んできた。封筒を受け取ったとき、道路の向こうに両親の姿が見えた。どうやら途中で郵便配達とすれ違い、あわてて引き返してきたらしい。

合否通知の入った封筒にハサミを入れるときは、少し手が震えた。中身を取り出して広げると、真っ白い紙にくっきりと私の受験番号が印刷されてあった。

「やったな」

父もうれしそうだった。顔を上げると、目の前で母が涙ぐんでいた。

「なによ、郵便屋さんが来る前に出かけちゃったくせに」

生意気盛《なまいきざか》りの私は照れ隠しに母に悪たれると、母はしどろもどろになって言い訳をした。

「だって、ほら、いくら待ったって来ないし。だから、ね、でも途中ですれ違ったから、それでパパとね……」

父は黙って笑っていた。

あとになって知ったことだか、母は「自分の人生の中で一番うれしい出来事」だと、父に語っていたという。

親の心子知らずな私は、父から聞くまで母の本心がわからなかった。母が毎日せっせと作ってくれたお弁当のお陰で、頑張れたというのに――。

通学路は玉川上水のほとり

十代を振り返って「一番頑張ったことは？」と聞かれたら、私は迷いなく高校時代のクラブ活動を挙げる。

創価高等学校茶華箏曲部《さかそうきょくぶ》。卒業してかれこれ十三年もたつのに、いまだにクラブの名前を言うだけで熱い思いが蘇《よみがえ》ってくる。

創価学園は小・中・高一貫教育で、西武国分寺線の鷹《たか》の台駅から歩いて十五分ほどの所にある。辺りは武蔵野の緑に包まれた閑静《かんせい》な住宅街だ。

創立は一九六八年（昭和四十三年）、小平市たかの台に中高一貫の男子校としてスタートした。

教育の柱は、体も心も、ともに磨き鍛《きた》える「健康な英才主義」と「人間性豊かな実力主義」で、なによりも人の生命や人権を守り抜くことを根本において、児童・生徒らが心豊かな人間として成長するために、教師が一丸となって教育に当たっている。

「教育とは最極の人生の聖業なり　学園生はわが生命なり」という創立者の思いが教職員の心髄《しんずい》に流れ、生徒を全力で守り抜いてくれる。親身になって生徒を思う先生方の存在に、どれほど多くの生徒が勇気づけられ、悩みを成長のバネにして巣立っていったかしれない。

十代の最も多感な時期に、自分の持てるパワーを存分に注ぎこんで完全燃焼《ねんしょう》する体験が持てたことは、私の人生にとってかけがえのない宝物になっている。

といっても、最初からエンジン全開でスタートしたわけではない。念願の高校に入学したものの、千葉の船橋からの通学で、当初は通うだけで精いっぱいだった。

朝の六時に起きて、家を六時三〇分に出る。当時は船橋駅からたいぶ離れた場所に住んでいたこともあり、出がけに父を起こして車で駅まで送ってもらう。総武線と中央線を乗り継いで国分寺駅まで行き、八時一六分発の東村山駅行きに乗り鷹《たか》の台駅で降りる。そうすると駅から学校までの道のりを、散策気分でゆっくりと歩いていける。

学校は玉川上水の上流にあり、水路脇の歩道が通学路になっていた。在校生たちは、ここを「哲学者の道」と呼んでいた。

春になると川沿いのクヌギが青々とした緑の葉をつけはじめ、夏には暑い陽ざしを木陰《こかげ》がさえぎってくれる。秋の紅葉も、落葉の冬も、春夏秋冬、もの思いにふけるにはもってこいの並木道だった。私は川のせせらぎを感じながら、この道をゆっくり歩いて登校するのが好きだった。

本来なら、一本遅い電車でも充分間に合うのだが、国分寺線は単線で車両数もそう多くないから、登校に都合のよい時間帯はそれなりの混雑で男子生徒も多かった。さらに次の電車だと学校までは早歩きになり、三本遅くすると駆け足でぎりぎりセーフという感じだった。

そうなると、もはや〝もの思い〟どころではない。ことに走るのが遅い私は他の生徒のようにはいかず、途中で息が切れて歩いてしまい、無情にも校門に到着したあたりでホームルームのチャイムが鳴り響いた。

だから、毎朝が真剣勝負だった。朝六時の起床を動かさずに、いかに予定通りに家を出るか。支度の手順が一つ狂っても大変なことになる。なにせ五分の違いが遅刻にかかわる。

「そんなにあわてるんなら、十分早く起きなさい」と母に小言を言われても、その頃の私には六時起床が精いっぱいだった。

……とはいうものの、その後、クラブに入ってからは、六時どころか五時起きで登校する日もあったのだから、やる気次第でいかようにも生活は変えられる、と今さらながら反省を込めて思う。

さて、高校生活の半分を気ままに過ごしていた私は、高校二年の夏になると、やっぱり「音楽」が恋しくなってきた。

そんなとき目に留《と》まったのが茶華箏曲部《さかそうきょくぶ》だった。文化祭で見かけると、お茶を点《た》てておお菓子をいただきながら箏《こと》の演奏を聴くような、実にまったりとした感じで、クラブというよりは趣味の同好会的雰囲気だった。

高校入学後に一度は吹奏楽部に入ろうと思ったが、軍楽《ぐんがく》に端を発する吹奏楽ではフルートの位置づけが私の思いとは異なるもので、ちょっと気持ちが引いてしまった。それに中学のクラブを引退してから歯の矯正《きょうせい》をはじめたことも、音楽から遠ざかる大きな要因だった。

結局、高校二年まで、私は暢気《のんき》な〝帰宅部〟を満喫して友達と楽しくやっていた。そして茶華箏曲部は、安穏《あんのん》な私の気分と生活にぴったりの部活だった。

「さくらさくら」くらい弾けたら楽しいかも……、その程度の軽い気持ちで、私は高校二年の夏休み明けに友人を誘って入部した。

が、のんびりムードは一学期までの話で、秋には「全国高等学校総合文化祭」の予選ブロックに出場することになっていた。初めての挑戦だが「出るからには、やるだけのことはやりましょう」と、みな真剣そのもの。

嗜《たしな》み程度のつもりで入った私としては少し面食らって、周りのやる気を削《そ》がないように、隅っこのほうでポロンポロンと静かに箏《こと》を爪弾《つまび》いていた。

ところが箏曲部の活躍は目覚《めざ》ましく、私が入部した二カ月後には、なんと初出場でありながら都大会で優良賞を受賞。全国大会出場が決まってしまった。

「ひぇ〜、奇跡だ！」

話を聞いたすぐ下の妹の陽子は、素《す》っ頓狂《とんきょう》な声を上げて驚いた。彼女も同じ創価高校の一年生だったから、実情はよくわかっていたのだ。

突然降って湧いたような結果に、クラブは私の思惑《おもわく》から外れて、ますます活気づいてしまった。

全国大会は翌年の夏。出場までには約十カ月ほどの準備期間があった。

この〝十カ月〟が部員の気持ちに火をつけた。死に物狂いで練習をすれば、不可能を可能にできる充分な時間だ。もちろん、「嗜《たしな》み程度で」と思っていた私も、すっかりその気になってしまった。眠っていた熱い思いがよみがえり、たちまち練習熱が頭を持ち上げてきたのだ。

上位入賞……。部員たちの心の片隅に夢が広がった。

一九九七年（平成九年）秋、茶華箏曲部、創部以来初めての猛特訓がはじまろうとしていた。

箏曲部、初出場で全国二位に

箏《こと》の練習は芸術棟の二階にある作法室で行われる。作法室といっても、広さは約九〇畳ほどもあり、奥の畳を上げると、お茶を点《た》てる設備も整っていた。

その頃の部員数は三〇名で、帰りのホームルームが終わると、みな待ってましたとばかりに急ぎ作法室に入る。そうして、すぐに箏を並べ、支柱《しちゅう》を立て、各自で音を調整する。

箏は桐でできているから、季節や室温、湿度などによって微妙に音が変わる。神経を使う楽器だった。しかし音の調整は、見かけによらず管弦楽よりも荒々しい。全国大会出場も決まっているから気合が入っていて、ベィ〜ン、ベィ〜ン、ボロンボロンと、スタート直前のカーレース場のような迫力だった。

各自の調整が終わると、すぐに練習がはじまる。曲目は沢井忠夫の「連なる」。指導は創価大学を卒業した先輩が、毎日のように来て特別に教えてくれた。

箏《こと》は琴柱《ことじ》と呼ばれる支柱の位置で絃《げん》の音程を調整するが、絃を押さえる力加減で音の高低も響きも変わってくる。

そこで私の絶対音感が役立った。

いろいろな楽器の音色が混じり合う管弦楽と違って、楽器は箏と十七絃《じゅうしちげん》の二種類。微妙な音のズレが否応《いやおう》なく曲の和を乱し、流れを妨《さまた》げる。

「三の絃の押しが弱い」とか「リズムが合っていない」とか、私の指摘を誰一人として嫌な顔をせずに受け入れてくれた。

そうして柱《じ》の位置や、押し手の強さや、爪《つめ》の当て方など、互いに細かな調整を繰り返しながら、みなが気持ちを集中して曲を奏《かな》でる。

遠慮などしていたら全国レベルには追いつかない。なにしろ他の出場校は歴戦《れきせん》の勇士たちだ。技術も経験も、初参加の我が校とは天地ほども差があった。

冬が過ぎ、春が来て、瞬《また》く間に初夏になった。その間に中間考査が二回、期末考査も二回、学年末考査が一回。

私は箏の練習の合間に申し訳程度のテスト勉強をして、頭の中は箏一色のまま高校三年生になり、脇目《わきめ》も振らず八月の全国大会に向かって突進していった。

夏休みに入っても休暇はなかった。昼を挟んで最低でも三時間の練習量をこなし、ときには四時間、五時間となり、ひたすら箏《こと》と向き合う毎日だった。

本番近くになると、学校の講堂を借りて舞台上の練習をはじめた。観客もいない広い講堂で、自分たちのためだけに冷房をつけるわけにはいかない。汗が滝のように流れた。

けれど、そんなときに限って学園の創立者からアイスクリームや飲み物の差し入れが届く。絶妙のタイミングに、私たちは大きな歓声を上げてアイスを頬張りながら、萎《な》えかけた心に喝《かつ》を入れた。

一九九八年（平成十年）、第二十二回目の「全国高等学校総合文化祭」は、八月の暑い盛りに鳥取県で開催された。大会前日、新幹線と在来線を乗り継いで鳥取の米子《よなご》に向かうなか、私たちは演奏の目的を何度も確認し合った。

「うまくやろうとか、賞を取ろうとかじゃない。大切な人への感謝を込めて、心を一つにして弾くこと」それだけだった。

私たちの後ろには先生方や家族や友人が、我がことのように応援してくれていた。

演奏は箏《こと》が二十一人、十七絃が四人。舞台に箏を運んでスタンバイが終わったときは、裏方に徹してくれた残りの部員も含め、みんなの心は一つになっていた。わずか十カ月前までは、花を愛《め》でながら、お茶とお箏を嗜《たしな》むクラブが、いまや〝闘う箏曲部〟に大変身していた。新たな歴史は、ここからはじまるかもしれない。無心に無欲に、ひたすら練習してきたことをやり切るのみ。コンサートミストレスの合図に一糸乱れぬ音が響いた。あとは、ただ夢中だった。

わずか十二分の演奏が終わったときには、汗が額からこめかみを伝っていた。しかし誰もがやり切った充実感に満ち足りて、思わず笑みがこぼれ落ちた。

ところが、再び〝奇跡〟が起きたのだ。

気楽な気持ちで結果発表に聞き入っていたとき、準優勝に当たる文化庁長官賞に「創価高等学校茶華箏曲部」の名前が読み上げられた。

誰もが耳を疑った。

一瞬のどよめきのあと割れるような拍手が沸き起こり、会場全体が雄叫《おたけ》びを上げた。私は耳を疑い、呆気《あっけ》にとられて周囲を見回すと、先生も部員たちも、みな一様にぽかんと口を開け目を丸くしていた。

初出場で全国二位。それは夢のような出来事だった。

お互いに顔を見合わすと、じわじわと実感が込み上げきて、部員たちは誰とはなしに抱き合っていた。

――無心に頑張れば、結果は必ずついてくる。

言葉では言い表せないほどの達成感に包まれながら、私の中に大きな確信が生まれた瞬間だった。

一〇〇〇人目の卒業生

現在、創価高校の茶華箏曲部には、男子生徒も含めて五十数名の部員が在籍しているという。一九九八年に「全国高等学校総合文化祭」で全国二位になったあとも、二年連続で文化庁長官賞を受賞し、二〇〇一年には念願の文部科学大臣奨励《しょうれい》賞で日本一に輝いている。

その後の活躍は本当に華々しく、二〇〇七年にも日本一となり、二〇一〇年には文化庁の高校生国際文化交流事業の代表として、中国の広州《コウシュウ》で演奏を披露している。その原点があのときの二十五人の奮闘《ふんとう》だと思うと、内心ではかなり誇らしい。

それにもう一つ、伝統とまではいかないが、演奏する姿が少しでも爽《さわ》やかに感じられるようにと提案した〝前髪上げ〟が、今でも続けられているという。おでこを全開することには賛否両論あったが、当時の私たちの熱い思いが形として受け継がれていることは、やはりうれしかった。

さて、「全国高等学校総合文化祭」に向けて全力疾走《しっそう》してきた私は、高校三年の夏を終えて、またもや大学受験が目の前にあった。

だが高校受験のときとは違い、私は早くから創価大学への推薦入学を希望していた。外部受験と異なり、内申点と夏休み明けに行われる校内試験によって結果が決まるため、一般の受験生ほど切羽詰《せっぱ》まったものではなかった。

それでも全国大会後には優秀校演奏会があり、二学期がはじまればすぐに校内試験。高校受験同様、勉強時間は満足にとれなかった。

希望した高校に入ったわりには、勉強に集中することもなく、後半は箏《こと》にばかり夢中になった。十月には創価大学経済学部経済学科への進学が決まり、残るは次の総合文化祭に後輩たちを出場させるために、予選会のある十二月までは茶華箏曲部員として一緒になって箏《こと》の練習に励んだ。

年が明けて二月の学年末考査を終えると、あとは卒業式を待つばかりになった。

この頃、ある噂《うわさ》が耳に入ってきた。学園開学以来、一万人目の卒業生が、私たちの学年から出るという。それも、隣のクラスの男子生徒が自分の番号の予測を立てて、そこから出席番号順にたどっていくと、私が一万人目に当たるというのだ。

入学したとき、この中から「一万人目の卒業生が出ます」と言われたことは記憶していたが、それが自分になるとは、とうてい考えられなかった。

一学年下の妹の陽子に「私が一〇〇〇〇号って噂があるんだけど」と言うと、「おめでとうございます」と、なんだかテーマパークの入場者一〇〇〇〇人目を祝うような返事が返ってきた。

「だけど、もし本当に一〇〇〇〇号だったら、すごいことだね。だって、ジャスト一万なんでしょ。それってさ、運命というか、これからも一万倍頑張れっていう叱《しっ》咤《た》激励ってやつかもね。一〇〇〇〇号はただの数字にして、ただの数字にあらず、なーんちゃって。なんか意味を感じちゃう数字だね」

いつもマイペースな陽子が珍しく興奮気味に語る。

一期生から私の代の二十九期までの卒業生は、合わせて一万二一五名。誰が一〇〇〇〇号の卒業証書を手にするにしても、その数が二十九年の学校の歴史の上にあることを考えると、創立者をはじめとする先生方のご苦労が地層のように積み重なった番号だと思った。


一九九九年三月十六日、卒業式当日、憧《あこが》れていた青いアカデミック・ガウンにタッセル（飾り房）のついた式帽をかぶり、見なれた体育館に入場すると、さまざまな思い出が蘇《よみがえ》ってきた。

雨になるとぬかるんで泥はねに悩まされた玉川上水の遊歩道。相変わらず運動が嫌いで、毎年、逃げ腰だった体育祭。箏《こと》に夢中になる私の進路を気遣ってくれた先生方。春の選抜高校野球の応援に甲子園まで駆けつけたこと……。

自然に囲まれた穏やかな環境の中で、生徒一人ひとりの個性を尊重し、心を育み、教師も一緒になって成長しようという気概《きがい》にあふれた学校だった。

その根底にはいつも創立者である池田大作先生の、一人の人間の成長と幸せを願う人間主義に基づいた教育理念があった。

式が進み創立者のスピーチがはじまると、場内は静まり返った。私は一言も聞きもらすまいと真剣に耳を傾けていた。

するとスピーチの途中で、いきなり私の名が読み上げられたのだ。

「記念すべき第一万号の卒業生は、大内友理子さんである」（大内は私の旧姓）

千葉の船橋から毎日二時間以上かけて通学していることも、すぐ下の妹が同じ学園生であることも、さらには一番下の妹が四月から入学することも、そしてクラブ活動のことも、創立者はみなご存じだった。

在学中に頑張ったことといえば茶華箏曲部の活動くらいで、あとはお茶を濁《にご》すような学園生活を送っていた。そんな私がこんな晴れがましい席で、突然に名前を呼ばれ、驚きやうれしさや戸惑いが、すべてない交《ま》ぜになって押し寄せてきた。

私なんかが……と後ろ向きな気持ちが心によぎったとき、創立者から贈られた「卒業指針」が頭に浮かんだ。

若獅子よ！
我が理想の峰へ
「忍耐」と
「負けじ魂」で
堂々と勝ちゆけ！

創価高校の三年間で私が学んだことは、どんな困難に出合っても負けないことだった。

「哲学なき脆弱《ぜいじゃく》な社会である。それゆえに、私は学園生に訴えたい。堂々として揺《ゆ》るがぬ自分自身をつくれ！」

壇上で力強く卒業生にエールを送ってくださる創立者の姿に、私は誓った。

必ず社会の役に立つ人間になろう。何があっても負けない自分であろう——と。

それはこの学園で学んだ「希望」や「勇気」や「負けじ魂」や、すべてのことを凝《ぎょう》縮《しゅく》した恩師への誓いの思いだった。

恋のプロローグ

一〇〇〇〇号の卒業証書を手にしたことで、私はある決意をした。

高校入学以来、茶華箏曲部以外のことでは、勉強にも学校行事にも真正面から取り組んだ思い出がなかった。そんないい加減な自分が記念すべき一〇〇〇〇号となってしまったことに、私はとても責任を感じていたのだ。

そこで心機《しんき》一転《いってん》、これを機に名誉挽回《ばんかい》を図って公認会計士になることを決めた。

計画では、大学三年の前期までに卒業に必要な単位の目処《めど》をつけ、三年生の後半からは会計士の試験に集中。大学四年生で、まずは力試しのつもりで試験を受ける。できれば一発合格で在学中に資格を取りたいと考えていた。そのためには、一にも二にも勉強だった。

だから同じゼミにいた洋一のことは、申し訳ないが気にも留《と》めていなかった。

ところが最近になってわかったことだが、洋一はかなり早くから私を知っていたらしい。一番下の妹の節子が、たまたま話題になった私たちのなれそめを、面白がってしつこく問い詰めたのだ。

洋一は長崎の県立高校から創価大学法学部法律学科へ進学し、入学後は宝友寮《ほうゆうりょう》という大学の寮に住んでいた。

寮は大学のキャンパスより少し離れた南寄りの場所にあり、その頃はバイクで寮と学校を行き来していた。

私を見かけたのは、ちょうど入学して二カ月ほどたった新緑の季節らしい。正門から出て学校をぐるりと回り込み大学の北側にある学生寮へ行く途中、私が創大門前というバス停に立っていたという。

「一人で、ぽつんと立ってたよ」

洋一は素っ気ない口調で言った。

「ぽつんとって、バイクで走っていて、それで目に留まったの?」

節子は芸能レポーターもどきに、私との出会いを聞き出そうとして興味津々《きょうみしんしん》の体《てい》で洋一に迫っていく。

「まあ、なんとなくね」

「なんとなくって、顔形《かおかたち》まで見えたわけ？」

「まあね、顔くらいは……」

洋一はのらりくらりと質問をかわしながら、ちらちらと私を眺《なが》め珍しく落ち着きがない。

「ふーん、そうなんだ。で、お姉ちゃんはどんな格好してたか覚えてる？　髪型とか？　服の色とか？　持ち物とか？」

節子はいたずら好きの子猫のように、次々に質問を浴びせかけて洋一を放さない。

「確かワンピースかな、水色の。髪はロングで、あとは忘れちゃったよ」

洋一は愛想もなくぶっきらぼうに答える。

「忘れたにしては、充分よく覚えてると思いますけど。それに、ふつうバイクで走ってたら、脇見《わきみ》はしないでしょ。にもかかわらず、バス停にいる人の顔とか髪型とか服装までチェックを入れてるんだから……」

節子の意味ありげな言葉に、洋一はムキになって反論する。

「別に見る気はなかったけど」

「じゃあ、勝手に目に飛び込んできたってこと？」

「えっ、まあ、そう、勝手にってことになるかなあ……」

節子はうれしそうに「ふふふ」と、ほくそ笑むと、くるりと私のほうを向き直り、

「お姉ちゃん、これって一目惚《ぼ》れってことだね」と、あっけらかんと言い放った。

「えっ、そ、そんなことないよ。だって、初めて口利《くちき》いたの、確か十一月頃の簿記試験のときだったし。節ちゃん、勝手なこと言わないでよ」

洋一は真っ赤になりながら、あわてて否定をするが、なにやら嘘《うそ》がバレそうになっている子どものようだ。

「本当は、バス停で見かけてから、ずっと狙《ねら》っていたりして？」

「え、いや、それはないでしょ」

洋一は耳まで赤くなりながら、ムッとして言下《げんか》に否定をした。

「まあ、深くは追及しないでおきましょう。それより洋一さんは、お姉ちゃんのどこが好きなの？」

何を聞くかと思えば、これまた突っ込んだ質問で節子は洋一を振り回す。さすがに照れ屋な洋一が答えるわけがない。と思ったら、洋一はムスッとしながら律儀《りちぎ》に

答えた。

「僕にはないところ」

「僕にはないところって？」

「明るくて、はきはきしていて、人一倍気が強いくせに傷つきやすくて、わがままで純粋なところ。それから、誰よりも一生懸命に生きてるところ」

洋一の生真面目すぎる答えに、節子は思わず言葉に詰まって洋一をまじまじと見た。

「節っちゃん、僕が友理子を好きになった時期は忘れたけど、好きなところは最初からずっと変わらないよ」

洋一は聞かれもしないのに、ポーカーフェイスを取りつくろいながら話をつけ足した。

節子はしてやられたという顔をして、こちらを見ながらVサインを作った。私は珍しく顔がほてって、まだ赤らんだままの洋一の横顔を見つめていた。なんだか、やけに夫が眩《まぶ》しかった。

友は人生の宝物

大学四年生の夏に遠位型ミオパチーの診断を受けた私だが、それ以前も後も、私はたくさんの人に支えられてきた。

その中でも、私にとって特別な存在なのが「プリンセス会」のメンバーである。高校・大学を通じての大の仲良しグループ。ちょっと公言するのが憚《はばか》られる名称だが、名づけ親は高校時代からの親友。まあ、半分は洒落《しゃれ》で、半分は願望ということかな……。

大学に入ってから体の異変に一人悶々《もんもん》と悩んできたが、遠位型ミオパチーとわかってからは、逆に彼女たちの友情にどれほど支えられたか、わからない。

メンバーは七人。このうち四人は創価高校からのつながりで、創価大学に入ってから三人が加わった。

この会の一人で名古屋出身の同期生が、大学からバスで十分ほどの場所にワンルームマンションを借りて住んでいた。同じく公認会計士をめざしていたこともあって、気楽に話せることから私はたびたび彼女の家に入り浸《びた》っていた。彼女の家に行くと、必ず誰かしら部屋にいたような気がする。

私たちは八畳間ほどのフローリングの床に座って、お菓子を食べながら、あーでもない、こーでもないと、他愛もない話をしながら時間をつぶした。

私は公認会計士の勉強に明け暮れる日々だったが、彼女の部屋でみんなと話すことが最高の気分転換になった。しゃべり込んで、そのまま泊まってしまったことも何度かある。

それほど親しくしていた会のメンバーにもかかわらず、私は自分の病気がわかったとき、こんな親しい友達でも離れて行ってしまうと思った。

最初こそ同情も心配もしてくれるだろうが、人並みに歩くこともできなければ、やがては足手まといになってしまう。病気が進行して、もっと不自由な体になったら、口には出さずとも一緒に行動することが苦痛になるのではないか……。

ところが私の病気がわかったとき、彼女たちのとった態度はまるで私の考えとは違っていた。

一番うれしかったことは、何一つ変わらなかったことだ。特別、取ってつけたように優しくなるわけでもなく、ぎくしゃくと距離を置くわけでもない。まったく普段通りだった。

それでいて私が物理的にできないことは、「友理子、一人で無理しないで」と言ってさっと手伝ってくれる。そういう状況を私自身が受け入れることに時間を要してしまったくらいだ。

病気の告知を受ける前、私は自分から友達と距離を置こうと思った。すでに病気については調べていたため、少し気持ちを整理しようと思っていたのだ。

が、まったく連絡をしない私を心配した一人が電話をかけてきた。それは検査入院の前日のことだった。

入院について、言おうか言うまいか迷いながら口ごもっていると、「何かあったの?」と聞く。私は「大したことじゃないけど」と前置きしながら、簡単に状況を説明した。すると彼女は即座に、「何でもっと早くに言わないの」と怒り出した。

「自分の気持ちを整理することは大切だけど、だからって病気のことを隠したり、私たちを避けたって、何も解決にならないでしょ。それって、結局、現状から逃げてるってことじゃないの？」

彼女は私が友達を信用していないことを、早くも感じとっていたのかもしれない。

「それに、友理子がどういう状況か知らなくちゃ、手助けもできないでしょ。友理子は助けてもらうことを恥《は》じているみたいだけど、できることをやらずに甘えてるわけじゃないんだから、気にする必要はないんじゃない？　逆に、何も知らされない私たちの気持ちにもなってみてよ。一人で頑張るのもいいけど、それって私たちを拒絶《きょぜつ》してるってことだから」

見事に私の気持ちは見破られていた。

心が弱くなったり、グラついたりしたとき、私は友達を頼ることを罪悪《ざいあく》のように思っていた。心は人に見せるものでも、頼るものでもない。ずっと、そう思ってきた。

だが、本気で怒る友達の態度に気がついた。

生きていく責任は自分にあるけれど、辛い出来事から立ち上がろうとするとき、友情という支えで心が奮い立つことは、罪などころか人生の宝なのだ。

「友理子、私にできることは何でも言って。友理子のために何かをしたいから」

彼女はそう言って電話を切った。

それからというもの、私はプリンセス会の中では自分の気持ちをごまかさないことにした。

頼み事もストレートに、支えがいるときは腕を組んでもらい、荷物が運べなければ手助けをしてもらう。ペットボトルのふたの開封も頼む。小さなことだけれど、みな頼まれて当然という顔で助けてくれた。


大学卒業後、私は一年ごとにできないことが増えていく。だから久し振りに会えば、彼女たちには私の病気の進行が手に取るようにわかるはずだ。が、だからといって大袈裟《おおげさ》に気を遣われることはない。

車椅子に乗っている私は、太っている人と痩《や》せている人の違い程度のことで、彼女たちにとっては二足歩行と車椅子の差でしかないようだ。

つい最近もプリンセス会のメンバーから、ハワイに行こうと誘われた。

「たまにはダンナと子ども抜きで、楽しもうよ」と言う。でも、私には介助《かいじょ》がいる。

すると彼女は言った。

「私が何をすればいいのか、具体的に教えてくれる？　そうしたら、友理子ともっと一緒にいる時間ができるから。みんなで引き受けるから」

車椅子を使って一人で外出すると、駅で電車を待っているときなど、見ず知らずの人から唐突《とうとつ》にプライベートについて聞かれることがある。「結婚しているの？」とか、「どうやって生活しているの？」とか。

それは言うまでもなく興味本位な質問で、人によっては生い立ちや、経済のことにまで踏み込んでくる場合もある。けれど、そういう話をする人に限って、自分の好奇心が満足すると足早に去っていく。

比較対象にはならないが、一緒にいる時間を増やしたいために、どうしたらよいかと聞いてくる友人とは雲泥《うんでい》の差だった。

それだけに、私にはプリンセス会のメンバーの率直《そっちょく》でさりげない優しさに、心が温かくなるばかりか、一緒にいると勇気や希望までもらう気がする。

私が結婚を決めたとき、洋一はプリンセス会の一人から「わがままな友理子を、よろしくね」と頼まれたらしい。

洋一から聞いたとき、ちょっと癪《しゃく》だったが、反面、とてもうれしかった。「友理子は病気だから、大事にしてね」なんて言われていたら、きっと私はピキンと切れて、「心は人一倍強いですから」なんて言い返していたかもしれない。

障害のある私を弱者と決めつけずに、普通に向き合ってくれる。それができる友人を、私は心から誇りに思っている。

第三章

二人で選んだ試練の道

スタートライン

洋一と付き合いはじめたのは、二〇〇〇年の八月三日。この日は洋一と私が、初めてお互いの気持ちを確認し合った日でもある。互いに大学二年で、洋一は法学部、私は経済学部、同じ国家試験研究室のゼミ生だった。

言葉を交《か》わすようになったのは大学一年の冬の頃だが、私にとっては友人の一人にすぎず、彼氏とか彼女とか、そういった関係とはほど遠かった。

洋一からの誘いが増えだしたのは二年生の春くらいからか。電話で食事に誘われたり、といっても翌日の学食で「一緒に食べない?」という程度のものだが。映画のチケットを分けてくれたり。もちろん洋一も一緒。会話の途中で唐突《とうとつ》に自らの結婚観を語りだしたり……。

気づかぬ素振りはしていたが、友達以上の好意を持たれていることは、なんとなく感じていた。

私の気持ちが今一つ乗らなかったのは、スマートでハンサムな洋一の外見から、ちょっと遊びなれた人のように思えたからだった。無口で一見クールな人間関係も、弱みを見せないきりりとした強さも、プレイボーイ特有の口説きのテクニックのように思えた。

洋一の誘いに乗るのは三度に一度くらい。断るときは決まって「勉強があるから」と答えた。すると洋一も決まり文句のように「それじゃ、仕方ないね」と言うのだった。

だが、そんなやり取りをしていく中で、洋一は見かけによらず口下手《くちべた》で、クールに見えるのは慎重さのせいで、根っこは謹厳実直《きんげんじっちょく》そのもの。照れ屋なために、あえて熱くならずに格好をつける。そんな人柄が見えてきた。

それは最初の頃の印象とは正反対のものだった。

さらに洋一と私は、表面的には対照的な性格であるのに、本質的にはとても似《に》ているとこがわかってきた。目的を持って生きる姿勢や、物事に対する価値観ばかりでなく、人の好き嫌いなども、言わなくてもピンとくるのだ。

大きく違うのは、私が直球勝負のこだわり人間なら、洋一は客観性重視のじっくり思考型。人間関係においては、とにかく相手を尊重してバランスを大切にする。とても真似《まね》できないと思うのは、怒っていても淡々《たんたん》として見えることだ。尊敬する父親に似たのか、幼い頃からの生い立ちなのか、慎重で正義感の強い人間性が洋一の持ち味でもあった。

その洋一から、「夏休み中、実家へ帰る前に話したいことがあるから、羽田《はねだ》まで来て欲しいんだけど」と電話がかかってきた。

洋一の様子から、告白らしいことはうすうすわかった。生真面目《きまじめ》な洋一は、きっとけじめをつけて交際をはじめたいんだろうなと思った。

ただ私としては、彼氏づくりよりも勉強第一の日々だったから若干の迷いがあった。

洋一はそのあたりをどう切り崩すか悩んだらしく、結局、しつこく電話をかけてきて「どうしても話したいことがあるから、来てよ」と言うばかり。私は、それでも曖昧《あいまい》な返事を繰り返していた。

ところが洋一が帰省する日になると、今度は私が落ち着かなくなってしまった。前日までは行こうか行くまいか迷っていたのに、朝から気持ちがそわそわして仕方がない。

予想外といえば予想外の感情だったが、なんだかこのチャンスを逃《のが》したら、洋一とは一生縁《えん》が切れてしまうような気がした。


フライトの一時間ほど前だったと思う。夏休みで賑《にぎ》わう羽田《はねだ》空港の出発ロビーに立つと、洋一は目ざとく私を見つけ、軽く片手を上げながら近づいてきた。

午後三時過ぎくらいのフライトだと聞いていたので、出発にはまだ時間の余裕《よゆう》があった。洋一は少し引きつった笑顔でニコリとすると、「ちょっといい？」と言って、いきなり広いロビーをすたすたと歩き出した。

私は何が「いい？」のかよくわからないまま、とりあえず後をついていく。

洋一はカフェに入るでもなく、親子連れとぶつかりそうになりながらロビーの突き当たりまで行くと、くるりと振り返り、人気《ひとけ》のない航空会社のカウンターを背にして私をにらみつけた。

私は唐突《とうとつ》な成り行きに戸惑《とまど》い、やっぱり黙ってにらみ返すと、洋一は「あのさ」と口ごもりながら、さらに眉間《みけん》に皺《しわ》を寄せた。

「何ですか？」

私は少しとげとげと聞き返した。すると洋一は何の前置きもなく、緊張した面持《おもも》ちで「僕と付き合ってください」と言った。

まさかこんな形で、それも出し抜けに告白されるとは思わず、私はまじまじと洋一の顔を眺《なが》めた。洋一は困ったように目をしばたいて、いっそう難しい顔になった。

私はあまりの不器用《ぶきよう》さに吹き出しそうになりながら、それでも洋一の純朴《じゅんぼく》さや思いがじいんと伝わってきて、にっこり笑うと「はい」と短く答えた。もちろん、迷いはなかった。

すると洋一は、急にショルダーバッグの中をごそごそかき回し、何やら手にすると、「これ」と照れ臭そうに小箱をさし出した。プレンゼント用のリボンシールが貼ってある、小さくて薄い箱だった。

「何？」と聞いても答えない。その場ですぐに開けてみると、中からは波をかたどったようなシルバーの指輪が出てきた。

高価なものでないことは一目でわかったが、洋一の誠実な心が伝わってくる。指にはめて見せると、洋一はようやく安堵《あんど》した様子で満面に笑みを浮かべた。

あとで聞いたら、寮生活の洋一にはお金がなくて、定価は数千円。ＪＲ八王子駅近くの店で悩んだ挙句《あげく》に買ったと言うが、サイズは合わずにブカブカだった。婚約するわけでもないのに、義理堅い洋一はそうすることが男のけじめで、形にできる精いっぱいの愛情表現だったらしい。

あの日、洋一は二時間以上も前から私を待っていたという。万一、私が早く来て、自分がいないことで帰ってしまったら大変だと思ったとか。洋一のことだから、待っている間も気が気ではなかっただろうに。

「もし、来なかったら、どうするつもりだったの？」

後日、ちょっと意地悪な質問をしてみた。

「そのときは、もう告白もしなかっただろうし、指輪も渡すことはなかったと思うよ」

「そんなに思い詰めてたんだ？」

「別に。それならそれで、仕方ないということで……」

洋一はいつものように、クールな振りをして話をはぐらかした。

本当のプロポーズは、それから五年後になるが、私にとっては羽田《はねだ》空港での洋一の告白と、少し変色してしまったシルバーの指輪のほうが思い出深い。

緊張の度合いからいえば、この日が私たちのスタートラインに一番ふさわしい気がする。

牙《きば》をむきだした難病

洋一と付き合いはじめたのが二十歳の夏だった。そして私は、その二年後に遠位型ミオパチーの診断を受ける。

だが、その頃は今と比べたらずっと気楽だった。進行性といっても、どこまで進行するのか、先のことは霞《かすみ》がかかって予想がつかない。まだ患者会もなく、身近に同病者を見ることはなかったから、元気な自分が車椅子生活になる未来は他人事《ひとごと》のようだった。

公認会計士の試験に失敗したものの、それならそれで病気を抱えながらでもできる別の目的を見つけて生きていこうと気持ちを切り替えた。

洋一は私が病気だと知っても、動揺する素振りは微塵《みじん》も見せなかった。

「僕が好きになったのは、友理子という女性だし、病気になったからって別人になってしまうわけじゃないでしょ」

別れ話を切り出したのは一度や二度ではなかったが、そのたびに洋一は逃げることなく、真正面から自分の気持ちを説明してくれた。

「この世の中のありとあらゆる病気を考えてみたら、誰がいつ病気になってもおかしくない状況にあるわけで、だから友理子が百万人に数人しかいない病気になったからって、特別なことじゃないんだよ。病気になったらなったで、二人して支え合って幸せを築いていけばいいことだし。むしろ馴《な》れ合いで生きていくより、僕はいいと思うよ」

洋一の励ましは、いつも変わらず頼もしく希望があった。私はそういう洋一に支えられ守られて、逆に病気の進行を深く考えることもなく過ごしていた。

大学を卒業すると私はそのまま公認会計士をめざして勉強を続け、洋一は一浪ののちに大学院へ進んだ。

ところが付き合いはじめて五年目の二十五歳の春先に、私は予想もしない厳しい現実を突きつけられた。

告知以来、診察を受けていた主治医の転勤を前に、挨拶かたがた検診に訪れると医師は洋一をちらりと見ながら、いきなり「結婚はしないの?」と聞いた。突然の質問に戸惑《とまど》っていると、珍しく真剣な顔で「彼は外してくれるかな」と言う。その瞬間、私は告知を受けたときの、あの息苦しいような重々しさが蘇《よみがえ》ってきた。

「あなたも知っているように、この病気は進行性のものだから、このままいけば出産も難しくなるし、子どもが生まれても、あなた一人で育てられるかどうか……。もし結婚の予定があるのなら、少しでも早くして、子どもを産むことを考えたほうがいいと思うよ。遅くなればなるほど大変になるから」

初診からずっと私の病状を診《み》続けてきた医師の、親身なアドバイスだった。だが、私には衝撃的《しょうげきてき》な話だった。普通に結婚をして普通に子どもを産む。その当たり前ことが、私の体では容易にできないのだと、このとき初めて思い知らされたのだった。

「子どもは産めるんですか？」

それだけ聞くのが精いっぱいで、あとは言葉にならなかった。

主治医は「まあ、今ならなんとか」と答えながら、遠位型ミオパチー患者の妊娠・出産例をふまえ、医師なりの考えを話してくれた。

このまま筋肉が衰《おとろ》えていけば、出産時のいきみにうまく反映されないことも考えられる。分娩《ぶんべん》が長引けば、母体だけではなく、生まれてくる子どもへのリスクも高い。妊娠と遠位型ミオパチーの進行は別物だが、母体にどういう影響を及ぼすかは未知数である。要は、妊娠・出産において予断《よだん》を許さない状況にあることを、自覚しなければならないということだ。

「子どもは、無理なんですか？」

同じ質問を繰り返す私に、主治医は励ますように「子どもを産むことは可能ですよ」と答える。が、私にはその言葉すら否定的な響きをもって胸に響く。

いくら進行性といっても、まだ歩くこともできる。不便は感じつつあっても、日常生活にはそれほどの支障はない。なのに、小さい頃から当たり前に描いていた、ささやかな夢すら叶わないというのだろうか——。

病魔はいつの間にか私の人生の奥深くに忍び込み、希望をも切り崩しはじめていた。絶望感が体中を駆《か》け巡る。遠位型ミオパチーという病気が、突如その本性を現し、牙《きば》をむきだして私の未来を根こそぎ奪っていく。そんな気がした。

力を合わせて生きていきたい

診察室を出ると、告知のときにすら流さなかった涙があふれ、私は初めて嗚咽《おえつ》しながら泣いた。外で待ち構えていた洋一は、私の顔を見るなりただ事ではないことを悟《さと》ったようだった。

医師から告げられた内容を話すと、洋一はその場で「なら、今だね」とあっさりと言った。

「えっ？」

もちろん、その言葉の意味はわかっていた。だが、独身時代の付き合いと結婚は違う。

「そんな簡単には、いかないと思う」

最後のところで、私の中にためらいが生まれた。

人の手助けを受けなければ生活ができなくなっていく状況の中で、果たして洋一の足手まといにならずにやっていけるのか。洋一の未来を妨《さまた》げることにはならないのか……。

二人して何度も話し合ったことが、改めて頭を持ち上げてくる。

しかし洋一には、なんら躊躇《ちゅうちょ》がなかった。

「付き合いはじめたときから、友理子と結婚するつもりだったし、今だって何も変わってないよ。ただ結婚の時期が前倒しになるだけのことだよ」

洋一はいつものように淡々《たんたん》とした口調で言う。

その目の奥に嘘《うそ》はなかった。

実はこの数日後、不妊《ふにん》の可能性を調べるブライダル・チェックを受けると言うと、洋一は「そんなことをする必要があるの？」と本気で怒り出した。

「もし子どもが産めないとわかったら、友理子は必ず結婚しないって言うはずだよ。僕たちが結婚するのは、何のため？　子どものためだけじゃないだろ」

「それはそうだけど。でも……」

確かに子どもを産むためにだけ結婚するわけではない。しかし、治療法もない難病の私が洋一に応えられることは、彼の子どもを産むことくらい……。

「もし子どもができなくても、僕は友理子と二人で生きていきたいんだ。そのために結婚するんだ。勘違《かんちが》いするなよ」

私との結婚について、洋一の心には一点の曇りもなかった。強い決意がひしひしと伝わってくる。

このとき初めて私は洋一とともに、この難病を闘い生きていく覚悟が決まった。

だが、これはあくまでも二人の間の合意に過ぎない。結婚となれば、当然、双方《そうほう》の家族が絡《から》む。まして、子どもを産んで育てようというのだ。病気を抱える私と大学院に通う洋一との結婚では、現実問題として日常生活の手助けが必要なことはいうまでもない。

洋一はすぐに行動に移した。

数日後、たまたま所用で上京した洋一の両親と、私の親がそろって食事をする約束になっていた。洋一はその席で、結婚の意思を固めたことを報告した。

「確かに自分たちの考えには甘いところがあると思います。経済的な面でも、最初はいろいろと助けてもらわなければならないし。けれど、友理子と一緒の人生を考えるなら、子どもを産むタイミングは今しかありません。それならば、今は子どものことを優先させて欲しいんです」

私たちが結婚を考えていることは、親たちもわかっていた。しかし予想外に早い意思表示に、双方《そうほう》の両親は喜びながらも複雑な思いをのぞかせていた。

洋一の父は、後日再び上京して、「本当にやっていけるのか？」と洋一に気持ちを確かめたという。

そこで改めて、結婚をすれば育児の手助けを受けるために、私の親と同居になるだろうこと。そして私の病気が進行すれば、寝たきりになる可能性があること。しかし何があっても、二人で力を合わせて一緒に生きていきたい思いを伝えた。

父親は、「二人の気持ちが固いのなら、できる限りの応援はする。その代わり、これからは何があっても二人して乗り越えていくという、強い覚悟をもってやっていくんだぞ」と言ったという。

二〇〇五年の夏、私たちは付き合いはじめて五年目の八月三日に入籍《にゅうせき》をすませ、九月十七日に都内港区芝公園にあるザ・プリンスパークタワーで結婚式を挙げた。結婚を決めてから式までは、わずか五カ月。私はかろうじて一人で立って歩けるぎりぎりの状態だったが、白いウエディングドレスにピンク系のカラードレス、さらに白無垢《しろむく》に打掛《うちか》けと、和洋一回ずつのお色直しをした。

控室からの移動はドレス姿で洋一に背負われ、白無垢で車椅子に乗ったが、会場を歩くときは洋一の腕にしがみつきながらもしゃきっと立ち、退場するときはお姫様抱っこをされた。

タキシード姿の洋一が軽々と私を持ち上げると、会場からは励ましと冷やかしの入り交じった拍手が沸き起こった。大学の恩師やプリンセス会をはじめ多くの友人や家族の祝福が、優しく温かく私たち二人を包み込んだ。

そして洋一は参列者の前で、「何があっても二人して力を合わせて生きていきます」と固く誓った。

義母は挨拶をする私に、「これから先は、二人の使命の道だから」と微笑みを浮かべながら言った。

たとえ寝たきりになっても……

洋一との生活は、船橋市内に建てた新築の実家からはじまった。

結婚が決まったとき、我が家はたまたま家を新築することが決まっていたため、急きょ両親と妹二人は二階へ、一階を私たちの居室にすることに計画を変更した。私はまだつたい歩きができた頃で、建築士でもある父は将来のことも考えて、フロアは全てバリアフリーに、車椅子でも出入りできるようにしていた。

この頃、洋一と私が一番気がかりだったのは遺伝の問題だった。「縁《ふち》取《ど》り空胞《くうほう》を伴う遠位型ミオパチー」は一九八一年（昭和五十六年）に、日本の医師によって世界に発表されたものである。

病気の原因は遺伝子にあるわけだが、私のように発症した人間と健常者の洋一との結婚で、二人の間に生まれる子どもへの遺伝の可能性がどの程度のものか、それが心配だった。

結婚後、洋一はインターネットで調べた専門医に、早速メールで問い合わせた。

すると医師からは「遠位型ミオパチーは常染色体劣性遺伝のために、いとこ同士のような血族結婚でなければ、まず次の世代に遺伝することはない」という返事が返ってきた。さらに、「妊娠・分娩《ぶんべん》は、呼吸器や心臓が侵されない遠位型ミオパチーについては、理論的に大丈夫」と言う。まずは、ひと安心だった。

二〇〇六年、結婚して初めての正月は両親と二人の妹と私たち夫婦の六人で迎えた。女ばかりに囲まれてきた父は、初めての〝息子〟の存在がよほどうれしかったらしく、珍しくお酒の量が多かった。

発症以来、父とは面と向かって病気の話をすることはなかった。しかし心のうちでどれほど心配しているか、その思いは痛いほどわかっていた。心配ばかりかけてきた父へ、私はようやく小さな親孝行ができた気がして、ほろ酔《よ》いの父の横顔がいつにもまして柔《やわ》らかに見えた。

さて、〝朗報〟は意外に早くやってきた。

友達の助言で不妊《ふにん》の検査に行くと、早くも二回目の診察で赤ちゃんができているらしいことがわかった。「らしい」というのは、あまりにも小さくて心拍《しんぱく》の確認ができなかったのだ。

うれしくて天にも昇る気持ちというよりは、なんだか実感が湧かなくて、でもお腹に生命が宿《やど》っていると思うと、やっぱりうれしくて……。洋一も喜びはしたが、やはり同じように、パパの実感は今一つというのが本音《ほんね》のようだった。

お目出度《めでた》の可能性から二週間後、次の検診では、はっきりと妊娠の兆候《ちょうこう》が表れていた。エコーに映し出された豆粒《まめつぶ》のような命が、コクンと動くのを見たとき、初めてママになるという思いが込み上げてきた。

お産は病気のこともあるので、遠位型ミオパチーの診察を受けている東京医科歯科大学医学部附属病院の産婦人科に決めた。

あと数カ月もすると、お腹の中に宿った生命が、私たちの子どもとしてこの世に生まれてくる。そう思うだけで胸が高鳴った。

私は胎教《たいきょう》に良かれと思い、クラシックを聴いたり、友達とのおしゃべりを楽しんだり、妊娠・出産・育児に関する本を何冊も買い込んで読みあさり〝その日〟に備えた。

だが、妊娠五カ月目に入ったとき、思いもよらぬ事態が待ち受けていた。桜の季節が終わりかけた頃だった。突然、不正出血にみまわれたのだ。すぐに洋一の車で病院に向かい診察を受けると、切迫《せっぱく》流産の可能性を指摘された。

「子宮の頸管《けいかん》が短くなっていて、このままだと流れてしまう危険があります」と言う。お腹の中の赤ちゃんは五〇〇グラムにも満たない。放っておけば確実に流産に至る。もし生まれても、生存の確率はほとんどない。

医師は厳しい顔で、「このまま絶対安静にしてください。でないと、助かりませんよ」と断言した。

順調なマタニティーライフは、唐突《とうとつ》に終わりを告げた。

その日から、私はいっさいの歩行を禁じられた。立って歩くだけで流産のおそれがある。起きてよいのは食事のときとトイレだけ。無論、トイレに行くのも車椅子だった。

普通なら悪阻《つわり》も終わり、安定期に入ってホッとする時期なのに、私は起きることも座ることも許されず、まったく寝たきりの状態になってしまった。唯一《ゆいいつ》、幸運だったのは、洋一の大学院がすぐ近くにあることだった。洋一は一日二回、昼休みと帰宅前にやって来て、時間が許す限り話し相手になってくれた。

ありがたかったのは、高校・大学時代の友人が入れ替わり立ち替わり見舞に来てくれたことだ。四人部屋の病室には同じように身動きのとれない妊婦さんたちもいて、昼間は仕切りのカーテンを閉めずにおしゃべりに花を咲かせて、互いに励まし合ったりもした。

天井を見つめて過ごすだけの入院生活だったら、お腹の赤ちゃんよりも先に私の精神が参っていたかもしれない。私は改めて、人は人に支えられて生きていることを痛感した。

それにしても、動くことのできない一日の長いことといったらない。とにかく私がやるべきことは、体を休めて絶対安静にしていることだけ。

遠位型ミオパチーは激しい運動をすれば筋肉が弱って回復しないが、適度に体を動かしていなければ、それはそれで筋肉が衰《おとろ》えていく。しかしお腹の子どものためには、ストレッチさえも許されなかった。そのうえ二十四時間延々と点滴が続き、血管の細い私は、点滴針を差し替えるとき針がうまく入らずに何度も痛い思いをした。

だが、眼の前の苦痛や歩けなくなることの不安と、お腹の赤ちゃんとの二者択一《たくいつ》を迫られたら、私は迷《まよ》うことなく赤ちゃんを取る。たった数カ月間を我慢《がまん》できずに洋一との間にできた新しい生命を、この世に誕生させることができなかったら、どれほど後悔をするかわからない。

たとえ寝たきりになっても、赤ちゃんの命を守る！

洋一と私を選んで生まれてくれる子どものために、私はどんなことをしても頑張り抜こうと心に誓った。

ところで、この入院中に私を支えてくれた人がもう一人いる。創価高校の同期生で、筑波大学の医学部へ進んだペンちゃんだ。歩き方が少しだけペンギンに似ているので、高校在学中からペンちゃんの愛称で親しまれていた。

そのペンちゃんが、研修医として東京医科歯科大に来ていたのだ。

研修医は何週間かのローテーションを組んで病院内のいろいろな科を回って歩くのだが、ペンちゃんは私が入院したとき、たまたま産婦人科の担当だった。

医師と一緒に回診にやってきたペンちゃんは、私を見ると驚いた顔をして「友理子？」と聞いた。それからは毎日、受け持ちの科が変わっても顔を出してくれるようになった。

「友理子は、なんか福がついて回ってるよな」

ある日、ペンちゃんが帰ったあと洋一がちらりと言った。

「それって、どういう意味？」

「だからさあ、挫《くじ》けそうになったりピンチになると、必ず誰かが出てきて助けてくれるというか、守ってくれるというか……」

確かにそうかもしれない。その一番の助《すけ》っ人《と》が、洋一ということなのだろう。

「洋一さんには、最高に感謝していますよ」

「それなら、態度で表してよ。僕に八つ当たりしないとか、意見が食い違っても怒らないとか、突然リミッターを外さないとか。友理子にとっては、まどろっこしいところがあるかもしれないけど、僕は常に冷静に状況を判断して行動しているんだからね」

洋一はここぞとばかりに正当性を主張した。なにやら言い分は、独身時代の付き合いにまでさかのぼっているような気がした。

早産の危機

入院して四カ月、季節は春から初夏を迎え、梅雨の間も病院を一歩も出ることなく過ごして終わった。赤ちゃんはすくすくと成長して、お腹は見事に膨《ふく》らんできた。出産まで、もう一息というところまできていた。

ところが、食事とトイレ以外は起き上がることも許されない入院生活にもかかわらず、三十二周目に入ったところで前駆陣痛《ぜんくじんつう》がはじまってしまった。

それは何の前触れもなく、不意にやって来た。

ナースコールで鈍い下腹の張りを訴えると、医師がすぐに飛んできた。

「早産の危険性があります」

医師は差し迫った声で言った。

もしこの段階で生まれてしまえば、低体重児（二五〇〇グラム以下）としてさまざまな危険が伴う。命が助かっても、脳性麻痺や視覚障害のおそれもある。だが、病院には低体重児対応の設備が整っていなかった。ＭＦＩＣＵ（Maternal Fetal Intensive Care Unit）といって、母体胎児集中治療室のある病院でなくては対応ができないという。

医師らはすぐに受け入れ先を探しはじめた。

連絡を受けて洋一が顔色を変えて飛んで来た。しかし、一時間近くたっても受け入れ先が見つからない。近場の病院はどこもいっぱいで、ＭＦＩＣＵの空きがないというのだ。

張りは徐々に鈍い痛みに変わってきた。不安は嵐を呼ぶ黒雲のように、見る見る広がっていく。

そのときたった一箇所、茨城県にある土浦協同病院が「出産後、お母さんが退院されても、毎日、母乳を届けられるのなら」という条件のもとに受け入れを承諾するといってきた。

船橋の自宅から土浦までは片道二時間。なのに洋一は迷《まよ》うことなく、「僕が届けます」と即答した。

私はすぐさまストレッチャーに移され、病院内を走るように移動して待機する救急車に乗せられた。ふと横を向くと、洋一はまるでテレポートでもしたかのように私の目の前に座っている。

「友理子、一緒に頑張ろう」

まっすぐに私を見つめながら、洋一が私の手を取った。

足下の扉が閉まり、すぐに聞きなれたサイレンが響きわたり走り出した。車の振動がゆりかごのように伝わってくる。首都高から常磐道《じょうばんどう》を抜け、救急車はおよそ一時間かけて土浦《つちうら》市内に入った。

その間も、鈍《にぶ》い痛みがさざ波のように押し寄せていた。何とか持ちこたえて欲しい――。洋一の手を握りしめながら、私はただお腹の赤ちゃんが無事であることを祈り続けていた。

ＭＦＩＣＵはリスクの高い母体や胎児《たいじ》に対応するための二十四時間体制の集中治療室である。土浦の病院に到着すると、すでに医療スタッフが待ち構えていた。私はただちに治療室に運ばれ、物々しい医療機器の中で、子宮収縮剤の入った点滴やら、胎児の状態を確認するＮＳＴ（ノンストレステスト）やらにつながれてベッドに横たわった。

　少しでも動けば子どもの命にかかわる気がして、私はマネキンにでもなったかのように身動《みじろ》ぎ一つしなかった。

　おそらく集中治療室の外では、洋一も同じ気持ちで祈っているだろう。未熟な父と母の絆を、お腹の中の子が強めてくれる。そう思うだけで涙があふれた。

　どれほどの時間が経過したのか、看護師がやって来て気分を尋ねたが、私は気分よりも何よりもお腹の子が心配でならなかった。看護師が点滴の残り具合をチェックしている間に、医師も入って来て腹部に超音波を当てた。こちらが問いかけるまでもなく、医師は緊迫《きんぱく》した声で「油断できません。経過観察が必要です」と言った。

　急場のピンチはしのいでも、早産の危険性が遠のいたわけではない。今度はトイレに立つことも許されなくなってしまった。

「臨月までの辛抱《しんぼう》ですから」

　入院の準備をする看護師が慰《なぐさ》めるように言うと、私ではなく洋一が「はい」と力強く返事をした。

　その日、後ろ髪を引かれるようにして帰って行った洋一は、翌日には早くも病院の目と鼻の先にある超格安のビジネスホテルを見つけ、そこから通うという。大学院は夏休みに入っていた。

船橋の実家からの往復を考えると、交通費と宿泊代はさして変わらず。洋一は「こうでもしないと僕が安心できないし、何かあったら一分以内に駆《か》けつけられるから」と笑った。

確かに走れば一分とかからない場所にあったが、聞けばホテルの壁はベニヤ板のような間仕切《まじき》りで、隣の部屋の音は丸聞こえだという。

が、それがかえって危うい現実と重なり、洋一の緊張感を保ち続ける結果となった。古びたホテルのお陰で私と洋一の絆《きずな》はいっそう深まり、無事に出産までこぎつけることができたのだ。

二世誕生!

とりあえず早産の危機を脱した私は、東京医科歯科大よりも厳重な管理のもとで再び絶対安静の入院生活を送ることになった。洋一は毎日、病院とホテルを往復し、朝から晩まで病室に入り浸《びた》った。

医科歯科大では週一回の入浴が許されていたが、土浦《つちうら》では体は拭《ふ》くだけ。洗髪は寝たままの状態で看護師が洗ってくれた。

いよいよ終盤。もう、ひと頑張りだった。

この頃の楽しみといえば、食べることくらい。病院食に飽《あ》き飽きしていた私は洋一に頼んで弁当を調達してもらい、焼き肉弁当やカラ揚げ弁当といったハイカロリー食で、ばっちり体力をつけて出産に備えた。体重は一〇キロも増えていた。

入院して四週間が過ぎ、三十六週目に入ったとき、「もう、いつ陣痛がきても大丈夫」と太鼓判を押されて退院することになった。

東京医科歯科大と土浦協同病院を入れると、実に五カ月ぶり。妊娠期間の半分以上を絶対安静で過ごしたことになる。

病院を出たときは、まるで牢獄《ろうごく》から解放された罪人ように、私は外の空気を思う存分に吸い込んだ。季節はすでにお盆を過ぎて、外は残暑の厳しい真夏日だった。

ところがホッとしたのも束《つか》の間、なんと退院した翌日に本格的な陣痛がきた。

三十六週と三日目、土曜日の深夜零時《れいじ》頃。下腹部からキリキリと締めつけられるような痛みがはじまった。

最初はまだ間隔《かんかく》があったので落ち着いてはいたが、病院に電話をすると「すぐに来てください」と言う。

土浦《つちうら》の病院を出るときに、お産は東京医科歯科大ですることを決めていたので、退院時の荷物をそのまま車に詰め直し急ぎ病院に向かった。洋一は私の様子を気にしながら真夜中の高速道路をひた走った。

病院では陣痛室で待機しながら、しばらく痛み耐えていた。明け方近くに破水《はすい》をすると、いよいよ分娩《ぶんべん》室に移された。しばらくすると洋一が手術着のような紙製の上着に、頭にはシャワーキャップのような帽子をかぶり私の脇に立った。

この病院では夫の分娩室への入室が認められていて、洋一は一も二もなく立ち合い出産を望んだ。

次第に痛みの間隔がせばまっていく。「頑張れ」と洋一が声をかける。私は「うん」と答える代わりに洋一の手を握り返したり、「いきむときにつかんで」と言われた取っ手にしがみついて痛みに耐えた。

このとき洋一は、五カ月にも及ぶ入院生活を思い、早くも感動に打ち震えていたという。

二人の苦労が結実する瞬間が、刻一刻と近づいていた。今まさに、お腹の子はこの世に生まれ出ようとしている。洋一はその瞬間の喜びを共有しようと、武者震《むしゃぶる》いをしながら待ち構えていたのだとか。

もちろん、私はそれどころではない。腹の中をトンカチで打ち壊されるような、今にも張り裂《さ》けてしまわんばかりの痛みに歯を食いしばって耐えていた。

室内には産婦人科医のほかに小児科医も待機して、看護師があわただしく動き回っていた。

分娩室《ぶんべんしつ》に入ってどれほど時間が経過したのか、突如、想像を絶する激しい痛みが、子宮の中から突き上げるように襲《おそ》ってきた。

いよいよ、そのときが来たのだ。

「よし、いきんでっ」

医師の声がひときわ高く聞こえてきた。ところが、さんざんイメージトレーニングを繰り返してきたにもかかわらず、何をどうすればよいのやら半ば錯乱《さくらん》状態に陥《おちい》った。私はそばにあるものを闇雲《やみくも》につかみながら、力任《ちからまか》せにいきむ。

「さあ、もう少しだ」

医師の声にも力がこもる。いったん引いた痛みは、またすぐに襲《おそ》ってきた。

「よし、もうちょいだ」

再び波が引いていく。

「頭が見えてきたぞ。もう一度だ」

緊迫《きんぱく》した空気の中で、三度目の痛みが襲ってきた。体中が粉々《こなごな》になってしまうかと思われる激痛の中で、私はうなり声を上げながら力を入れた。

そのときだ。

「出たぞ。大丈夫だ。元気な男の子だ」

一段と弾《はず》んだ医師の声が聞こえた。

思わず体中の力が抜けて意識が遠のくような気がした。

すぐに酸素マスクがつけられた。極限の力を出しきったせいか体が小刻みに震えている。看護師が血圧を測る。

私は放心状態のまま、ぼんやりと為《な》されるままだった。

と、左手の下で何かがモソモソと動いている。ふいと首を傾げてみると、ベッド脇でしかめ面《つら》をした洋一の顔が飛び込んできた。

「痛いんだけど」

洋一はボサボサになった髪の毛をかき分けながら、私を上目遣《うわめづか》いに見て言った。

私の左手は、洋一の髪の毛に突き刺さるようにして置かれていた。

どうやら私が闇雲《やみくも》につかんだのは洋一の頭で、シャワーキャップのような帽子は吹き飛び、私は彼の髪の毛をしっかと握りしめながら力の限りいきんでいたらしい。

立ち上がった洋一は、寝ぐせのように立った髪の毛をなでつけると、見たこともない優しい顔になってニンマリとした。その目の先には、タオルに包まれた生まれたばかりの子どもがいた。

二八一二グラム。洋一の掌《てのひら》よりも小さな頭をした男の子が、顔を真っ赤にしながら「オギャア、オギャア」と泣いていた。

「どんな気持ち?」と私が聞くと、「これが目に入れても痛くないという気持ちなんだね」と、洋一はくしゃくしゃな顔で目を細めた。

車椅子が恥ずかしい

二〇〇六年八月二十七日に生まれた子どもは、「栄一《えいいち》」と命名された。偶然にも創価大学野球部出身で、プロになった日本ハムファイターズの小谷野《こやの》栄一選手と同名だった。

小谷野選手とは高校・大学と同期で、洋一も親しくしていたので、すぐに連絡を入れた。すると、「えっ」と言葉を詰まらせ、なんだか涙声になって「おめでとう」と喜んでくれた。

当時、小谷野選手はパニック障害を発症していて、選手生命すら危ぶまれる中にいた。

結果至上主義のプロ野球の世界で精神をすり減らし、バッターボックスに立つと吐き気をもよおし、強烈なめまいに襲《おそ》われる。一軍から二軍落ちして、やがて寮の自室に閉じこもり、それは明日をも知れない生き地獄の日々だったという。

栄一という名は、創価学園の創立者に命名していただいたのだが、仲の良い小谷野選手が試練のまっただ中にいるとき、私の子どもが「栄一」と名づけられたことに、何か深い縁《えにし》を感じてならなかった。

その後、小谷野選手はパニック障害の恐怖《きょうふ》を、人間野球という大学時代の原点に立ち返り、試練を成長の糧《かて》として闘うことで克服していった。一度は折れた心を蘇《よみがえ》らせた小谷野選手の粘り強さは、病気を抱える私にとって大きな励みになった。


さて、帝王切開することもなく自然分娩《ぶんべん》で出産ができたお陰で、親子ともども予定通り一週間で退院し船橋の実家に戻った。栄一は生まれたてこそ黄疸《おうだん》症状が出たものの、退院後はおっぱいの吸いつきもよく、ことのほか順調だった。

だが、約五カ月もの絶対安静の期間は、やはり私から立ち上がる力を奪っていた。この病気は、一度弱った筋肉は元の状況には戻らないと言われている。無論、覚悟のうえの出産である。歩けないなら歩けないで、自分にできるスタイルの育児をしていくまでだと思っていた。

産着《うぶぎ》やベビー服は、私が入院している間に母がせっせと買い込んでくれたので、買い物の手間もはぶけ、私は何の心配もなく子育てをスタートすることができた。

母の時代は布のおむつで洗濯に追われたらしいが、私は紙おむつの使用で洗濯の必要はない。風呂は母と洋一に、どちらかが都合のよいときに入れてもらう。ミルクはすべて母乳。なので人工乳と違って時間をあける必要がなく、私は気楽な気持ちで泣けばすぐにおっぱいを与えた。

夜中はすぐに深夜一回の授乳ですむようになり、これもまたほとんど苦労はなかった。洋一が留守のときにぐずって泣くと、二階から母が下りてきて代わりにあやしてくれた。

私の体が不自由なぶん、母は母なりに責任を感じて手伝ってくれる。それが本当にありがたかった。

うれしいことに一カ月ほどしてお産の疲れが回復してくると、私はまた立ち上がることができるようになっていた。しかし、子どもを抱えて歩くことはできない。外出ともなれば車椅子が必要だった。

家は私の将来を見越して、玄関はスロープになっていた。室内もバリアフリー。車椅子で生活するには何の支障もない。

あとは私の気持ち次第だった。

というのは、そのとき私は自分専用の車椅子を持つことに、まだ抵抗感があったのだ。

いつか必ず治してみせると決めていたから、病気の進行によって車椅子になってしまうことは、どこかで負けを認めたような気がしてならなかった。

外出時に車椅子が必要な場合は、市の社会福祉協議会からレンタルもできた。私としては借り物の車椅子であることが、病気の進行を食い止める防波堤《ぼうはてい》のような気がしていた。

それに……、もう一つ気がかりなことがあった。洋一は車椅子の私を押すことに躊躇《ちゅうちょ》はないのだろうか？

「車椅子に乗っていると、必要以上にジロジロ見られるし……、私の車椅子を押すことに抵抗はないの？　やっぱり恥ずかしいでしょ？」

私はためらいながら聞いてみた。

すると洋一は半ば呆《あき》れながら答えた。

「友理子は、僕が車椅子を押すことを恥ずかしいとか、人の目が気になるとか、そんなふうに思っていたわけ？」

「だって、私は病気を治すこともできずに、車椅子に頼るわけでしょ。それって、悔しくない？」

洋一は「友理子さぁ」と、諭《さと》すような声を出した。

「そんなことを考える必要は、まったくないよ。友理子は病気から逃げているわけじゃないだろ？　それに、車椅子を押している僕をかわいそうだと思う人間がいたら、そっちのほうが、ずっと悲しい人なんだよ」

「でも、やっぱり、車椅子の現実は恥ずかしくない？」

私はなおも食い下がった。

「僕は友理子のことを、一度だって恥ずかしいと思ったことはないよ。友理子はたまたま治療法の見つからない難病になってしまっただけで、人間としては立派に心を強く保って生きてるじゃない。友理子は、どこかで自分の病気を恥ずかしいと思っているから、車椅子にも抵抗があるんじゃないの？」

確かに、その通りだった。

病気に負けないで生きていこうと思っているのに、病気である自分の姿を恥ずかしいと思う自分がいる。

病気を治すと心に誓ったことが、逆に現実を受け入れることを拒絶して、病気の進行をかたくなに認めない自分もいる。

幾つもの、ふがいない自分が弱い心を振り回す。

「何度も言うけど、僕が好きになったのは友理子という人間なんだ。病気になったからって、友理子が別人になったわけじゃない。車椅子になろうが、寝たきりになろうが、友理子は友理子だよ」

夫ながら、かなりグッとくる言葉だ。

私は病気が進行していることを認めたくなくて、人にも病気が進行していないと思ってもらいたくて、自分専用の車椅子を持つことを拒《こば》んでいたのだ。

「そうね、私専用の車椅子を作ってもらって、栄くんを抱っこして、颯爽《さっそう》と街中を歩けばいいのよね」

「そう、それでこそ友理子だよ。この先に何があったって、二人して栄一を育てていかなくちゃならないんだから。車椅子が恥ずかしいなんて、ぐずぐず言ってられないだろ?」

遠位型ミオパチーという病気を宣告されても、心さえ折れなければ、いつか必ず病気を克服《こくふく》できると信じてきた。だが、心が病気に負けないことと、病気の進行を認めないことは、まるで違う。

現実を受け止めながら、なおかつ打つべき手を打って前へ進んでいく。この先、何が起ころうと、洋一とともに協力して乗り切っていく。私たちは道なき道を、私たち自身で切り拓いていかなければならないのだから。

人の痛みのわかる子に

栄一が生まれたときは、両親も妹たちも巻き込み、一家総出《そうで》で子育てを助けてもらった。それでも体が不自由なことで、母親としてはやはり負い目があった。

一番辛かったのは、栄一が歩きはじめるようになったとき、一緒について歩けないことだった。部屋の中で転んでも、栄一が困っていても、すぐに駆け寄れない。「栄くん、頑張れ」としか声がかけられず、不自由な体が恨《うら》めしかった。

私は栄一が生まれたとき、「絶対に人と比較しない」と心に決めた。筋肉が侵《おか》される難病は、足からも手からも力を奪っていく。人並みの育児をしようと思えば、苛立《いらだ》ちよりも、できないことの多さに落ち込んでしまう。

願って祈って産んだ子どもである。充分な育児ができないなら、子どもの人生が愛情と希望にあふれるような心のかけ方をしたいと思った。

それでも迷いは生じる。

栄一が一歳十カ月のとき、私の父の仕事の関係で、両親がそろってヨーロッパを回ることになり、私はそれを機に栄一を保育園に預けることにした。

まだ二歳にもならないうちに親の手を放すことは不安だったが、自分ができないことについては無理をせず、福祉や専門職の手を借りて頑張るほうが子どものためになると考えたのだ。

だが案の定、通いはじめの頃は朝のお別れを泣いて嫌がった。私は保育園に行く時間になると、ベソをかき出す我が子の姿に心が揺《ゆ》らいだ。しかし洋一は、子どもが具合でも悪くない限り時間通りに家を出る。

「親が自分で決めたことを、きちんとやり通していくことは、子どもだって肌で感じるものだよ。教育は親の後ろ姿っていうだろ」

洋一は戸惑う私を叱咤《しった》するように毅然《きぜん》と言った。


どんなパパになるのかと思っていたら、これがまた予想外に厳しい。赤ちゃんのときはともかく、栄一が物心《ものごころ》ついてくると、嘘《うそ》をついたり約束を守らなかったり、人を傷つけるような言動をしたときには、どんな小さなことも見逃さず徹底して注意をする。

保育園に通いはじめた栄一は、悪い言葉もたくさん覚えてくる。あるときレゴブロックで遊んでいた栄一が思い通りにならないことに腹を立て、一緒にいた私に向かって「バーカ」と言った。

たまたまそれを目撃した洋一は、すぐに栄一を抱き上げて理由をただした。

「今なんで、ママに向かって『バカ』と言ったの？」

栄一は呆気《あっけ》にとられてパパを見上げながら、すぐに泣き出してしまった。

「栄くん、理由もなく人にバカなんて言ったらダメだよ。自分がされて嫌なことは、絶対に人に言ったり、やったりしてはいけないんだよ」

栄一がどこまでパパの注意を理解したのかはわからない。ただ人を馬鹿にする言葉を、簡単に使ってはいけないことは小さな記憶として残ったと思う。

私は子どもに対する洋一の姿を見ながら、義父の姿を思い浮かべていた。長崎で議員をしている義父は、仕事柄もあるのだろうが、有言実行《ゆうげんじっこう》で人に尽くす人だ。その父を幼い頃から見てきた洋一は、どこか自分と父親を重ね合わせて息子に接しているように思えてならない。

「相手の状況を何も考えないで発した言葉や行動は、相手を深く傷つけてしまうことがある。栄一は、そうしたことへの配慮ができるような、相手を個人として尊重する気持ちをもち、人の不安や悩みに気づくことができるような、優しい心をもった人間に育って欲しい」——洋一が記した、息子への思いである。

親から子へ、子から孫へ、手渡しで伝えていくものは、結局、心しかないように思える。

互いに未熟な親だが、栄一というかけがえのない宝物を育てながら、私たちも歩みを止めずに人間として大きく成長していきたい。私たち親子三人の未来も、有形無形のあらゆる人生の価値も、そこから生まれ出てくると思うから——。

第四章

希少疾病の未来のために

命の重さ

「何もかも手さぐりだね」

二〇〇八年四月一日、公式に「遠位型ミオパチー患者会」がスタートした日、自分のブログを更新《こうしん》する私に向かって洋一がしみじみと言った。

つい三カ月ほど前までは、予想もしなかったことだ。

二十二歳の夏に「縁取《ふちど》り空胞《くうほう》を伴う遠位型ミオパチー」の宣告を受け、それからずっと洋一や家族に支えられ六年近い年月が過ぎていた。その間に結婚し、子どもを産み、母となった。

告知を受けた頃、私はまだ大学生で、数年後に車椅子の生活になると言われても、まるでピンとこなかった。

痛みを感じるわけでもない。目に見える傷があるわけでもない。時計の針が一分一秒の時を刻むごとに、病魔はゆっくりと静かに私の筋肉を蝕《むしば》んでいく。それは一週間や十日単位で確認できるものではなく、三カ月、半年と過ぎて、動かなくなった肉体の現実と向き合う。

　この病気は、できなくなっていくことを一つ、また一つと受け入れていくことの繰り返しなのだ。

　しかし、人間の心は決して強靭《きょうじん》ではない。脳と心臓が侵《おか》されないこの病は、将来、鮮明《せんめい》な意識の中で身動きのとれなくなった体と向き合う人生が待ち構えている。だが、それでも私たちは生きていかなければならない。

　命の深みには絶望に打ち勝つ底力を秘めていることを、ときに打ちのめされて気づかされてきた。闘病は常に自分自身との闘いだった。

　そんな中で、同じ病気を発症した女性とブログで知り合ったことがきっかけとなり、「遠位型ミオパチー患者会」の設立にかかわるようになった。

　平凡な日々が一転して、あわただしい毎日に変わった。

　黒ぶちの近視用眼鏡《めがね》をかけてパソコンに資料を打ち込む私に、「どこかのセクレタリーのようだね」と洋一は冷やかした。

　実は患者会発足の数カ月前、私はＤＭＲＶ（distal myopathy with rimmed vacuoles）す

なわち「縁取《ふちど》り空胞《くうほう》を伴う遠位型ミオパチー」の治療に有効な物質があるらしいという話を伝え聞いていた。

あとでそれが牛乳やツバメの巣などに含まれるシアル酸だということがわかったが、何であれ、わずかな可能性を見出《みいだ》せるものなら、患者にとっては天空から射《さ》し込む希望の光に思えた。


この病気は世界に先駆け埜中征哉《のなかいくや》先生と水澤英洋《みずさわひでひろ》先生によって特定され世界に発表された。二〇〇一年にはイスラエルの研究班が「GNE」という変異遺伝子を見つけ出したが、このときはまだ原因となる遺伝子の変異が、なぜ筋肉の病気へとつながるのか、そのメカニズムは解明されなかった。

早くから研究にかかわっていた国立精神・神経医療研究センターの西野一三《いちぞう》医師は、このイスラエルの発見に強い衝撃《しょうげき》を受けた。

世界で最初にこの疾患《しっかん》を特定したのは日本の医師だった。それだけに多くの研究者たちの間には、発症の原因や治療法の開発などについて、日本主導の意気込みがあったことがうかがえる。

西野先生は、その後「治療法の開発では負けたくない」と奮起《ふんき》し、疾患《しっかん》の直接的な原因究明の研究を重ねた。その結果として特定できたのが、シアル酸の欠乏《けつぼう》が原因で縁取《ふちど》り空胞型《くうほうがた》の遠位型ミオパチーを発症する可能性だった。

二〇〇四年、患者から採取《さいしゅ》した細胞を培養《ばいよう》し、そこにシアル酸を投入すると細胞レベルでのシアリル化（シアル酸が取り込まれること）に成功。二〇〇七年にはいち早くモデルマウスの開発にも成功し、その後の実験でも有効性の高い結果を得た。それが西野先生の言葉を借りれば、「筋疾患は原則、治らないといわれてきた。それが極《きわ》めて順調に原因がわかり、治療法までほぼ解明できた特異な例」だった。

要は、稀《まれ》にみるラッキーなケースなのだそうだ。

遠位型ミオパチーの原因遺伝子が特定されてから、今日に至るまで七年以上もの歳月を費やしていた。

無論、これですぐに薬ができるわけではない。この先、患者が薬を服用するためには、製薬会社による治験が必要だった。

しかし、ここからまた莫大《ばくだい》な費用がかかる。治験は第Ⅰ相から第Ⅲ相までの三段階に分かれるが、薬物動態（吸収・分布・代謝・排泄）と安全性（有害事象・副作用）

を重視検討する第Ⅰ相試験で数億円、さらに治療薬として有効性を検証していく第Ⅱ相試験以降になると一〇億から二〇億円もの費用がかかるという。

通常、治験における「一例」の経費は一五〇万〜二〇〇万円と聞く。検証結果は最低でも一〇〇例が必要とされ、通常は一〇〇〇例以上の結果が求められるとも。従って二〇億円という費用は、決してアバウトに算出された数字ではないのだ。

また、厚生労働省所管の医薬品医療機器総合機構の相談・審査等の手数料だけでも約五〇〇〇万円。承認手続きのため、実際の審査ともなれば一〇億円ともいわれる。専門家筋によれば、治験を含め開発の経費は最低でも一〇〇億円を下らないのだとか。

もはや一庶民の金銭感覚では想像もつかない領域である。

さらに患者数が五〇〇人にも満たない希少疾病の場合、いくら新薬が開発できても、投資した資金を市場で回収することは難しい。そのため開発に手を挙げる製薬会社は皆無に等しいのが現状だ。志《こころざし》をもって乗り出す製薬会社があったとしても、途中の資金繰りに相当な苦労がつきまとうことは目に見えていた。

今の日本では法的な助成がない限り、一企業が希少疾病の治療薬を開発することは至難《しなん》の業《わざ》だった。

「死の谷」

研究者たちの間では、こう呼ばれている。いわゆる治療薬開発のデッドゾーンだ。

現在、日本には遠位型ミオパチーのような希少疾病《きしょうしっぺい》が五〇〇〇～七〇〇〇といわれている。国の希少疾病対策の予算には限度がある。どの疾病から手をつけるか、優先順位など決められるものではない。

いかなる病気であっても、患者数が少なくても、みな同じように回復を望んでいる。誰もが絶望と背中合わせの日々の中で、治療薬の完成を藁《わら》にもすがる思いで待ち望んでいるのだ。

「命の重みって何？　数が少ない難病患者は、ただ老いて死ぬのを待つだけなの？　効果がありそうな治療法があっても、手をこまねいて見ていることしかできないの？」

日本国内の希少疾病の現状と、国の制度が見えてくると、怒りにも似たもどかしさが込み上げてくる。

たとえ一〇〇万人に一人であろうと、一千万人に一人であろうと、生きている限り人として命と生活を守る権利はある。患者が治療の開発を求めることに、何の遠慮があるだろうか。

「国の予算に限りがあるからって、こんなの理不尽すぎる……」

思わず苛立《いらだ》ちを口にする私に、洋一は言った。

「友理子、誰だってそう思ってるよ。けど、文句を言ったところで何も変わらないだろ。自分にできることは何か、考えてみることが大事じゃないの?」

患者会を立ち上げようという話は、それから間もなくのことだった。

先のことは何も見えなかったが、「まず、できることからはじめよう」と私は心に決めた。

立ち上がりは発起人《ほっきにん》を含めて、ほんの数人で手分けをしながら会の規約やリーフレットを作り、外部向けの資料や署名用紙の作成をはじめた。発足時の役員は代表一名と運営委員の三名。

何もかもが手作りだった。初めて目を開けたひな鳥のように、私たちは手さぐりの中でスタートを切った。

善意の署名に支えられて

二〇〇八年、わずか三カ月という短い準備期間をへて、「遠位型ミオパチー患者会」は正会員三十一名で発足した。

英語名は「Patients Association for Distal Myopathies」、略して「ＰＡＤＭ」。会員は縁取《ふちど》り空胞《くうほう》型だけではなく、三好《みよし》型、眼咽頭《がんいんとう》、型不明を含め、ほかに賛助会員として若干名が登録をした。私は未熟ながらも運営役員の一人として発足からかかわることになった。

患者会の目的は、規約第二条（事業目的）に記されている。

1　遠位型ミオパチーの医学的見地からの原因究明と治療法確立を求め、医療体制と福祉の充実・向上を図るための活動。

2　会員同士の意見交換や、知識や親睦《しんぼく》を深めるための活動。

3　遠位型ミオパチーに対する社会的認知度《にんちど》向上のための活動。

以上の三点が柱となっている。

めざすは難病指定と治療薬の開発。そこで患者会がまっさきに取り組んだのが署名活動だった。マイナーなこの病気の存在を、まずは世の中の人に知ってもらうことからはじめようと、インターネットを使ったオンライン署名と街頭署名の二本立てで六〇万筆を目標にスタートした。

とにかく初めて尽《づ》くし。事前に市役所と警察の許可を取ることから戸惑った。街頭署名の皮切りは埼玉県の大宮駅のコンコース（大通路）だった。五月下旬、私は洋一の助けを借りながら、膝《ひざ》には一人息子の栄一を乗せて、初めて見ず知らずの人に向かって声を張り上げた。

「私たちは遠位型ミオパチー患者会です。国の難病指定を受けるために、署名活動を行っております。どうか署名を、お願いいたします」

最初はそれだけ言うのが精いっぱいだった。

日常生活の中で友人に病気の話をするのとはわけが違う。道行く人に呼びかけて、患者の置かれている現状を知ってもらう。それはとても勇気のいることだった。

だが、舌足《したた》らずな説明に足を止め耳を傾けて、わざわざ名前を書いてくれる人の姿に、私は逆にたくさんの勇気と希望をもらった。

二回目は、それから一週間後に野球場の入り口で。親しくしている日本ハムの小《こ》谷野《やの》栄一選手が、患者会の活動を知って「できることなら何でもするよ。やるならスタジアムでどう？　たくさん署名が集まるんじゃないか？」と言ってくれたのだ。私はありがたいやら、うれしいやら……。小谷野選手はすぐに球団に掛け合ってくれ、千葉県の鎌ヶ谷スタジアム前で署名活動をすることができた。炎天下《えんてんか》の街頭署名だったが、患者も関係者もボランティアも、じりじりと照りつける太陽の下で汗だくになって呼びかけた。

患者が中心となった署名活動は関東近県のみならず、東海や中部、関西地方でも行われ、オンライン署名も含めて、発足からわずか五カ月足らずで二〇万筆以上を集めた。それは多くの人の善意の塊《かたまり》以外の何ものでもなかった。

そして、この時期に多くのメディアが私たちの状況を取り上げてくれたことが、大きな援護射撃《えんごしゃげき》となった。それは患者自らの媒体《ばいたい》への働きかけや、波紋《はもん》のような広がりであったりした。こうして世の中の関心が高まったことによって、私たちは勇気を出して行政に対し声を上げていくことができたのだった。

二〇〇八年八月、患者会では推敲《すいこう》に推敲を重ね、思いのたけをぎっしりと詰め込んだ要望書を、二〇万九四六筆の署名とともに当時の舛添《ますぞえ》要一厚生労働大臣に提出した。

一日も早く治療薬が欲しい——そのためには国を動かし、研究開発への道を切り拓いていかなければならない。

患者会の活動は、まだよちよち歩きをはじめたばかりだった。

元気百倍の電動車椅子

患者会がスタートして半年ほどたった頃、私に患者会の代表代行をとの話が持ち上がった。代表の辻美喜男さんは関西在住なために、東京方面で主に活動できる人が欲しいという。しかし、私には荷が重い。

「これといったキャリアもないのに……」

大学在学中に発病した私には、あまりにも社会経験が少なかった。

「子どもも、まだ小さいし。最近は腕の力も失せてしまったし。代表代行って器《うつわ》じゃないし……」

言い訳がましく断る理由を探す私の背中を押したのは母だった。

「友理子にしかできないことが、あるんじゃないの？」

「私にしか、できないことって……」

と聞き返そうとして、私は口をつぐんだ。

きっと母だって、わかって言っているわけではないのだ。ただ、赤ん坊のときから私を育て、見守り続けてきたからわかる女親の直感なのだろう。

辻代表は病気が進行していて、手は指先しか動かない。けれど一家の大黒柱《だいこくばしら》として、会社に勤めプログラマーとして働いている。真剣勝負で生きている同病者の前で、四の五のへ理屈《りくつ》をこねて辞退《じたい》するのは小賢《こざか》しくも思えた。

私が動くことで、病気が進行して思うように動けない会員の思いを代弁できるのなら、やらなければならない。

未熟だが、できる限りのことをやろう——と思った。

ところで、この時期にたまたま借りた簡易《かんい》電動車椅子のデモ機が、私の行動範囲を劇的に変えた。

手動から電動に。これはもう愉快痛快《ゆかいつうかい》というか、お気に入りのヒールを履《は》いて颯《さっ》爽《そう》と街を歩いていた頃に戻ったようで、がぜん元気も勇気も湧いてきた。

腕力の弱い私には難関だったスロープも、ささいな段差も難なくクリアできる。時間に制約はあるが、車椅子さえ乗り入れできる場所ならば、一人でどこへでも外出可能だ。もう夫や妹の手を煩《わずら》わせなくてもすむ。私にとっては世界が一変するくらい画期的《かっきてき》な出来事だった。

また椅子型ロボットのような従来の電動車椅子と違って、折りたためば車のトランクにも積むことができた。車椅子生活がはじまって約二年。当初は自分専用の車椅子を持つことさえ躊躇《ちゅうちょ》していたのに、私は迷うことなく電動車椅子に乗り替えた。

福祉機器を上手に利用すれば、障害をもっていても充分に人生を楽しむことができる。患者会の活動も、プライベートな買い物も、ママ友とのランチにも、私は気兼ねなく一人で電車に乗り出かけていく。

季節は早くも冬になっていたが、私の行動範囲はグンと広がり、気持ちはその何倍も、いや百倍くらい元気に積極的になった。これは、ちっとも大袈裟《おおげさ》な表現じゃないのだ。

製薬会社が見つからない

私たち患者会が認定を求めている国の制度に、難病指定がある。

難病指定というのは、一九七二年（昭和四十七年）に旧厚生省が定めた「難病対策要綱」に含まれるもので、正式には「難治性疾患克服研究事業」のうちの「臨床調査研究分野」として認定された疾病《しっぺい》を指す。

「臨床調査研究分野」は一三〇疾患《しっかん》が対象となっていて、研究班を設置し、原因の究明、治療方法の確立に向けた研究を行う臨床調査研究分野のことをいう。

さらに、このうちの五六疾患が「特定疾患治療研究事業」として認められ、医療費は国や地方自治体によって支払われる。

従って研究事業の対象となっても特定疾患に認定されなければ、患者は生きている限り延々と医療費の支払いが続く。薬代も含め検査や治療費が高額になると、患者の負担も大きい。特定疾患《しっかん》になるのとならないのとでは、天と地ほどの差があるのだ。

署名は難病指定と特定疾患への後押しをしてもらうためのもので、私たち患者にとっては生きるための闘いでもあった。患者会が発足して一年、多くの方々の協力を得ながら一三〇万筆もの署名を集めることができた。

そして二〇〇九年四月一日、思わぬビッグニュースが飛び込んできた。

厚生労働省の難治性疾患克服研究事業の予算がこれまでの四倍の一〇〇億円となり、「難治性疾患克服研究事業」に研究奨励分野が追加されたことで、「遠位型ミオパチーの実態調査研究班」が発足したのだ。今まで公的には調査されてこなかった患者の数や病気の実態などが、ようやく調査されることになった。

私たち患者会は改めて「難病指定と特定疾患の早期実現」「研究費の増額」「すべての希少疾病《きしょうしっぺい》の治療薬開発の促進」を盛り込んだ要望書を、一三〇万一八一七筆の署名とともに厚生労働省へ提出した。

さらに五月十八日、国立精神・神経医療研究センターの西野一三先生をはじめとするグループの研究成果が、世界的に権威のある医学雑誌「ネイチャー・メディシン（Nature Medicine）」六月号に掲載された。

これはモデルマウス実験によるＤＭＲＶ（縁取り空胞を伴う遠位型ミオパチー）シアル酸補充療法の可能性を示す論文で、世界で初めてシアル酸の有効性を証明した研究結果だった。

治療薬は開発に向かって大きく動きはじめた。


だが、喜んでばかりいられないことも、よくわかっていた。まだ製薬会社が見つかっていないのだ。

この頃、私は製薬関係のある団体に出向き、治療に有効な成分が見つかったにもかかわらず新薬開発に至らない現状を訴えた。

すると対応した相手は、「そういう状況は、ほかの希少疾病《きしょうしっぺい》にも見られるんですか？」と聞く。私がその質問に驚いて言葉に詰まっていると、「普通に知りませんでした」と申し訳なさそうに頭を下げた。

希少疾病の新薬開発に対しては、薬に関係する現場ですら現状が把握《はあく》されていないのだ。しかし、それで臆《おく》していては何も変わらない。私は可能性のある企業を探し出しては、メールで打診したり、面会を申し込んだりしていた。

そんなときに、父が人を介して製薬事情に明るい人を探してきてくれた。

「薬の開発に詳しい人だから、電話をしてごらん」

患者会の活動をはじめてから何かと力になってくれていた父の、頼もしい助け船だった。

早速、渡された名刺の相手に連絡をすると、「必ずどこかに薬を作ってくれる会社はありますから、あきらめないで探しましょう」と言うではないか。なんとも勇気のでる対応に、私は改めて気持ちを奮い立たせた。

新薬開発をのみ込む〝死の谷〟

新薬の開発については、製薬会社に対して、患者会からはなかなか言い出せない雰囲気があった。誰よりも薬の開発を望みながら、専門知識も乏しく資金力もない患者の立場では、何十億とかかる開発の依頼を、おいそれと口に出すことはできない。だが「あきらめないで」と言った彼は、積極的に会社探しに乗り出してくれ、私は背中を押されるようにして、ある製薬会社を訪れることになった。

訪問の日、私はひどく緊張していた。話すべき内容を整理しながらエントランスの前で何度も深呼吸をしたが、心臓の鼓動《こどう》は早まるばかり。

会議室に通されると、すぐに人が入ってきた。代表取締役社長、研究開発本部長、開発部長、主任研究員、顧問……、名刺の肩書にはそうあった。

そうそうたるメンバーに私はすっかり舞い上がり、話の順番などどこへやら、ただただ必死に遠位型ミオパチーの置かれた現状を訴え、すがるように新薬の開発を頼んだ。

すると社長は「気持ちは、わかるけれど」と困った表情をしながら、「難しいんだよね」ときっぱり言った。覚悟はしていたが面と向かって断られると、やはり希望を失い気持ちは落ち込む。一縷《いちる》の望みを託していただけに落胆《らくたん》は激しかった。

水面下では西野先生も、個別に心当たりの製薬会社に開発を打診してくれていた。しかし、どこへ掛け合っても同様に「お気持ちは、わかりますが……」と断られ続けていたのだ。

ところが、このあと思いもよらぬ展開が待っていた。

二〇〇九年六月二十七日、患者会で主催した「第一回遠位型ミオパチー・シンポジウム～治療への道～」に、なんと私が訪問した製薬会社の社長自らが一参加者として出席していたのだった。

帰り際、お礼に立つと「公的助成が取れたら……」と新薬開発の可能性を示唆してくれたのだ。精悍《せいかん》なその目の奥には、難病に苦しむ患者への配慮が感じられた。


だが私たちの行く手には、非情な〝死の谷〟が待ち受けていることを忘れてはならなかった。

疾患《しっかん》の原因究明から治療に有効な化合物を見つけ出すことを基礎研究とするなら、次は非臨床試験といって、マウスなどの小動物を使って有効性を確かめる具体的な実験が行われる。この段階で効果が確認できると、安全性薬理試験と毒性試験をへて、ようやく人を対象とした治験へと続き、さらに具体的な治療薬の開発へとつながっていく。

しかし、この研究開発には億単位の費用を要する。

〝死の谷〟とは、研究者が苦労の末、何年もかかって治療の可能性を見つけ出し、ようやく治験《ちけん》レベルに到達したにもかかわらず、具体的な治療薬づくりの段階で研究費、開発費が捻出《ねんしゅつ》できず、開発そのものを断念せざるを得ない状況をいう。

新薬開発のブラックホールとでもいうのか、〝死の谷〟にのみ込まれてしまえば、治療薬開発の可能性そのものが立ち消えになる。ここを通過するためには、国の資金援助が不可欠なのだ。

シンポジウムの半年ほど前、西野先生は新聞社の取材にこう答えている。

「薬をつくる方法がないなら、われわれの研究は無駄になる。創薬《そうやく》の新しい枠組《わくぐ》みが必要なのです」

一説によると、日本の臨床予算は約二〇億円。アメリカでは数千億から一兆円規模ともいう。日本は患者の命と密接にかかわる治験への支援が極端に手薄なため、せっかくの研究成果も、開発の段階で欧米の製薬会社に持っていかれてしまうのが常だとか。

厚生労働省には、こうした新薬開発をバックアップするオーファンドラッグ（希少疾病用医薬品）法はあるが、申請者は製薬会社であり研究者や医師ではない。条件の一つとして、対象は患者数五万人以下となっているが、逆に患者数がその一〇〇分の一にも満たないＤＭＲＶのような超希少疾病の治療薬開発には、十分な制度とはいえないのである。

つまり新薬開発において、日本には〝死の谷〟の架《か》け橋となる制度が存在しないのだ。資金力のない製薬会社は、さまざまな助成金を渡り歩くように申請しながら、〝死の谷〟の上を綱渡りしていくしかない。

「治療薬の研究としては最終段階まで来ている。ここから先、自分たちの研究が患者に行きつくまでが難しいんです」

と言う西野先生の言葉が、深く胸に突き刺《さ》さった。

世界初の治験スタート！

公《おおやけ》の立場ではなかった製薬会社が、新薬の開発に興味を示してくれたことに、私は大きな期待を持った。

二〇〇九年七月、私は患者会相談役の藤原一男さんとともに経済産業省を訪れ、治療薬の必要性と、そのためには国の助成がなくては開発が進められないこと、すでに基礎研究では成果を出していることを訴えた。

製薬会社は、西野先生の研究結果に治療薬開発の可能性を感じながらも、希少疾《きしょうしっ》病《ぺい》という特殊性のために企業として慎重な対応を続けていた。

だが、「必要なのに顧みられない医薬品の提供を通して、医療に貢献する」ことを使命とした企業理念と、「判断に迷ったら、患者さんの利益を優先して考える」という開発方針が、最終的な決断を大きく動かしていた。それがシンポジウムでの社長の示唆につながる。

八月十四日、製薬会社に対して経済産業省管轄《かんかつ》の新エネルギー・産業技術総合開発機構（ＮＥＤＯ）は、イノベーション推進事業の一つとして助成を決めた。

採算の合わない希少疾病の治療薬に対して、製薬会社が本気で開発に乗り出してくれたこと。患者の切なる願いを国が後押ししてくれたこと。多くの方の署名やメディアの応援、関係者の助け、そして患者一人ひとりを支えている家族や友人の励まし、たくさんの人の陰の努力と思いやりに支えられてたどり着いた一つの結果に、私はただ胸が熱くなるばかりだった。

いよいよ治療薬の開発が本格的に稼働《かどう》する。ＤＭＲＶ（縁取り空胞を伴う遠位型ミオパチー）においては、世界初の治験《ちけん》となる。

名乗り出てくれたのは、東北大学医学部神経内科の青木正志《まさし》先生だった。

青木先生は同じ遠位型ミオパチーの仲間でもある三好型の研究者で、一九八八年にボストンに留学され、二年という歳月をかけて原因の遺伝子を発見された。帰国後は東北大学で医療と研究に携わり、西野先生の基礎研究を受けて立ち上がってくれたのだ。

治験は使用する製剤の安全性を確認したうえでスタートする。ちなみに、この安全性のテストだけで費用は約一億円かかるという。

二〇一〇年十一月、いよいよ東北大学で第Ｉ相試験がはじまった。

だが第Ｉ相試験では、投与した製剤の体内での代謝や吸収などの確認に止まり、治療薬として有効性を検証するには至らない。モデルマウスでは筋疾患《きんしっかん》の症状の改善が認められていたが、発症前から投与していたこともあって、果たしてどこまで人間に有効かは、まったくの未知数だった。

「非臨床試験で表れた有効性が、必ずしも人に効果があるとは限らない」

これまでに何度も耳にしてきたことだが、だからこそ、Ⅰ相からⅢ相までの治験《ちけん》によって、どのようにしたら効果を生むことができるのか、開発のステップとして非常に重要な過程だと思う。

ところで、この治験にはもう一つ大きな意味があった。

臨床試験は世界初の治験であるばかりでなく、患者数が数百名レベルの希少疾病において、医者が中心となって進める〝医師主導〟による日本で初めての治療薬開発という画期的な出来事でもあった。

「DMRVは我が国の研究者が世界で最初に見つけ、我が国で治療法を見出《みいだ》した。ここまで基礎研究が進んだものは、ほかに例を見ないくらい特異なこと」と青木先生は言う。

さらに、「アカデミア（研究機関）発の創薬のモデルケースとして、日本における新たな開発の道筋を作り上げることにもなる非常に重要な治験」でもある。

これまで医師と研究者たちの多くは、開発資金の目処《めど》が立たず、世界有数の優れた日本の基礎研究成果が欧米に持っていかれてしまう事例を幾つも目《ま》の当たりにしてきた。

ある資料によれば、医薬品候補五六万三五八九に対して、非臨床試験で有効性が認められたものは二〇二。さらに治験《ちけん》、承認申請をへて、実際に形になったものは二六例という。製品化の確率は、二万一六七七分の一。候補に挙《あ》がるほとんどの新薬が、日の目を見ることなく消えていく。

これほどハードルの高い新薬開発の中で、極端に患者数の少ない希少疾病の治療薬開発ともなれば、病気同様わずか数人の勇士が孤立無援でエベレストに登頂するようなものなのだろう。

「この開発を成功させることによって、日本の創薬の歴史をつくりたい」と熱い思いを語る青木先生の言葉は、言い換えれば、ＤＭＲＶ治療薬の開発は遠位型ミオパチーの枠《わく》を越えて、日本の医学界における創薬《そうやく》の黎明《れいめい》を告げることになるのかもしれない。

それは何年にもわたる地道な基礎研究の成果と、医師主導の治験《ちけん》による確かな手応えと確信のもとに生まれる〝努力の結晶〟にほかならないのだ。

二〇一一年六月、衆議院第二議員会館で行われた「ＤＭＲＶ治験国会内報告会」では、経過報告とともに「医師主導による世界初の治療薬開発の実現」に向けて治験第二ステージへの意気込みが語られた。

私たちの治療薬は、アカデミア発の創薬の未来とともに、開発過程最大の山場を迎えている。

製薬会社は次なる助成の頼みの綱として、大学とベンチャー企業の共同開発を支援する文部科学省の科学技術振興機構（ＪＳＴ）が公募するA―ＳＴＥＰにわずかな望みをつないだ。今、ＤＭＲＶ治療薬開発は〝死の谷〟の真上で、勢いを失ったトロッコのように立ち止まりかけている。

私たちの病気は待ったなしの進行性なのだ。開発に時間がかかれば症状は進む。患者は生きるために、国の支援がどうしても必要なのである。治療薬は私たちにとって、希望の命綱《いのちづな》なのだ。

福祉国家デンマークへ留学

右も左もわからない中で患者会を立ち上げ、多くの方々の知恵と力を借りて、私たちはようやく治験《ちけん》までこぎ着けることができた。

もし患者会が産声《うぶごえ》を上げなければ、私は不治《ふじ》の病という現状を受け止めつつも、病気の進行に手をこまぬいて耐えるだけの人生を送っていたかもしれない。

患者会の活動は常に暗中模索《あんちゅうもさく》で、新しい挑戦のたびに戸惑《とまど》い、手さぐりの中を進み続けている。けれど誰もが必死で、正真正銘、命を懸《か》けた真剣勝負の闘いである。

患者会活動の中で気づいたことは、「誰かがやってくれるのを待っていても、何も変わらない」ことだった。

そして治療薬の開発は、患者自らが声を上げることによって、研究者・医師・製薬会社・行政・政治家、そして患者といったつながりを分子構造図のような形にしていくことができた。

当事者が声を上げていくことの大切さ、それはきっとあらゆる事柄に通じるような気がする。そんな思いがきっかけとなり、私は財団法人広げよう愛の輪運動基金の「ダスキン障害者リーダー育成海外研修派遣事業　個人研修生」に応募した。

研修テーマは「福祉先進国における障がい者を中心とした当事者運動について」。研修先をデンマークとしたのは、デンマークが世界一幸せな国と評されている福祉立国だからだ。

消費税二五パーセント、所得税約四〇～五〇パーセント。給料の半分は税金に消えてしまう。けれど、教育も医療もすべて国が保証する制度ができ上がっている。

ノーマライゼーション（知的障がい者の親の会から誕生した福祉の基本理念）の生みの親でもあるバンク・ミケルセンが、障害のある人も、ない人も、社会に溶け込んで普通に生活していけることをめざして実践した国でもあった。

選挙の投票率は毎回八〇パーセントを超し、国民の政治への関心の高さがうかがえる。

二〇一〇年七月二十八日、私は成田《なりた》からコペンハーゲンへと飛び立った。それもホームヘルパー二級の資格を持つ妹の節子と二人で。なんと愛の輪では前例なしの特例措置《そち》として、全日程でヘルパーとして妹の同行を許可してくれたのだ。

無論、一人で行く覚悟はできていたが、妹の手助けがあるとなしでは心強さが格段に違う。私の障害の度合いを冷静に判断し、可能性を広げてくれたダスキンの配慮には感謝の思いがあふれた。

デンマークまでの所要時間は約十一時間半。スカンジナビア航空で成田《なりた》からコペンハーゲンへ直行する。午前の便で発って、到着はデンマーク時間の午後四時頃だった。宿泊するコペンハーゲンの中心まで列車で移動する間、ほとんど太陽が沈まない。北欧の夏は白夜だった。ここコペンハーゲンも、そのせいで夜の一〇時過ぎまで空が明るい。石畳《いしだたみ》の多い古い歴史の街には、夜になっても薄明かりの空の下で旅を楽しむ観光客が行き交《か》っていた。

ところで街に入って一番驚いたのは、石畳のデコボコ道だった。コペンハーゲン中央駅からホテルまで、私は簡易電動車椅子で石畳の道を悪戦苦闘《あくせんくとう》する羽目《はめ》になった。イギリスやメキシコへ留学経験のある節子は、「いかにも北欧って感じ!」と悪路もなんのその、環境の違いに悠然《ゆうぜん》としている。

道なき道を走るサファリラリーのように、バランスをとりながらしばらく車椅子の振動に身をゆだねていたが、よく見ると歩道脇には自転車用の通路が設けられていて、車椅子の人がすいすいと走っている。なんのことはない、車椅子が困らぬように、ちゃんと道路は整備されていた。

それにしても街中《まちなか》には車椅子の人が多かった。日本にいるときは、都内に出かけても一度も車椅子の人に出会わないときがあるというのに、わずか一〜二時間で十人。だが道行く人も車椅子の障がい者も、互いに意識することもない。まるで自転車がすれ違うように自然な雰囲気なのだ。私は改めて、ここはノーマライゼーションの国なのだと感じた。

人生を楽しむための福祉制度

留学先は、デンマーク第二の都市であるオーフス市の南部にあるエグモント・ホイスコーレン（Egmont Højskolen）。日本的にいうなら成人のためのフリースクールといった感じの学校で、デンマーク国内に八〇校ほどあるという。中でもここは障がい者と健常者が寄宿制で共同生活を送る特別な学校なのだ。

私たちはコペンハーゲンからデンマーク国鉄DSBのインターシティ（特急）に乗り約三時間、アンデルセンの生まれたオーデンセを経由してオーフスへ。そこからさらに車で三十分ほど南へ下った。

エグモントは生徒数が約一七〇名、そのうちの三分の一弱が何らかの障害を持っていた。

入学して最初に驚いたことは障害の度合いも内容も実にさまざまで、本人の意思がはっきりしていれば誰でも入学可能なところだった。

さらに昼食時の食堂の込み具合も圧巻《あっかん》だ。電動車椅子がズラリと居並び、その間に健康な学生が混ざってワイワイガヤガヤ、みな陽気に雑談に興じている。車椅子がなければ、どこでも見かける学食の風景と何も変わりない。

彼らにとって障害は身体上の一つの個性に過ぎず、私のような進行性の病気であろうとなかろうと特別扱いの対象ではない。

部屋は個室で、自分の力で立てない者には「天井《てんじょう》走行リフト」がついている。リフトの行く先はベッド・トイレ・シャワーと、人の手を借りなくても必要最低限のことができるようになっている。無論、バスルームは車椅子対応型。

デンマークには労働環境法という法律があって、障がい者を抱えたり移動したりするとき、ヘルパーが腰を痛めないようにリフトを使うことが義務づけられている。

これを見た節子は、眉間《みけん》に皺《しわ》を寄せながら「これじゃ私の出番がないじゃん。日本に帰されちゃうかも」と、充実した設備にたじろぐほどだった。


ところで、この国の福祉における最大の特徴は、俗に「オーフス制度」と呼ばれるヘルパー制度で、障がい者と介助をするヘルパーの関係を制度化したものである。

ヘルパーには二通りあり、一つは「パーソナルアシスタント」といって障がい者が雇用主《こようぬし》となり介助者《かいじょしゃ》を選べるシステム。もう一つが自治体や民間セクターが派遣する「ホームヘルプ」。いずれも費用は国と自治体で全額を負担する。

この制度の生みの親でデンマーク筋ジストロフィー協会のエーバルド・クローさんが、オーフス市と何年にもわたり交渉を繰り返して作り上げ、それがデンマーク全土に広がった。

エグモント・ホイスコーレンに、あらゆる障がい者が入学できるのは、このヘルパー制度のお陰で、障がい者は学生の中からヘルパーを採用して日々の介助を受けることができるようになっていた。

国としてヘルパーを擁護《ようご》する法律も確立され、介助リフト然《しか》り、ヘルパーの労働時間や待遇《たいぐう》についても、日本とは格段の差でその地位が守られている。

ちなみにエグモント・ホイスコーレンで教員をしている片岡豊先生の調べでは、パーソナルアシスタントの収入は日本円にして月三十五万円くらいとか。デンマークでは、競争率の高い人気の職業なのである。

ヘルパーは公募で、募集広告を見て結構な人数が集まるらしい。障がい者は面接をして、条件と気の合う相手を選ぶ。ただし雇《やと》い主である障がい者は、ヘルパーの人事管理ができて、何らかの仕事かボランティア活動に従事していて、常に介助が必要な重度障がい者で、十八歳以上六十七歳未満という厳しい条件がある。

デンマークでは十八歳になると、ほとんどが親から自立して一人暮らしをするため、重度障がい者にはパーソナルアシスタント制度が必要不可欠であり、政府は障がい者の生きる権利を守るために全面的な支援体制を整えている。

そうした背景もあってか、私がすぐに「サンキュー」とか「エクスキューズ・ミー」と言うと、「いちいち、そんなことを言う必要はないんだよ」と指摘されることが多かった。

障害を持つ私が日本で当たり前のように発してきた言葉が、ここでは奇異《きい》に映る。お国柄の違いというのではなく、障害に対する捉《とら》え方の違いを如実《にょじつ》に感じる一面だった。

それにしても重労働のわりに給料の安い日本のヘルパーとの違いは、考えさせられる。

生活上の支援のみならず、旅行にヘルパーを同行したり、趣味のアクティビティーにホームヘルプを頼むこともできる。障害があるために楽しむことを制限したり、あきらめたりする必要はまったくない。

またこの国では介護が必要になった高齢者を、家族が面倒をみることも少ないという。家族仲が悪いのではなく、大切な家族の人生を、自分の介護のために犠牲《ぎせい》にさせたくないという思いが、国のヘルパー制度によって上手にフォローされる。

つまりデンマークでは、障がい者だけでなく、国民の人生そのものを法律で全面的にサポートしようという考え方が根づいているのだろう。弱者に優しい国づくりは、人生の楽しみを日本のように「必要最低限」という括《くく》りで切り捨てたりはしないのである。

話は変わるが、デンマークは世界屈指《くっし》のビール消費国といわれている。聞くところによれば食事中は水代わりとか。有名なビール会社にカールスバーグとツボルグがあるが、日本と違って瓶《びん》ビールが主流。それもコップに注ぐのではなく、栓《せん》を開けると、そのままらっぱ飲みというのが一般的な飲み方のようだ。

エグモント・ホイスコーレンでは飲酒日というのが決まっていて、それ以外の曜日には飲むことができない。放っておくと、みな際限なく飲んで酔《よ》いつぶれ、翌日の授業に出席すらできなくなるらしい。

飲酒は十六歳から、選挙は十八歳から、日本なら高校生にして飲酒も可能で選挙に行って投票もできる。とにかくも週に二日、金曜日の夜と土曜日の解禁デーには、みな浴《あ》びるほどビールを飲みまくる。そしてダンスミュージックに踊り狂う。それも学校内で……、車椅子に乗ったまま……。

日本では、ありえない光景だった。

魅力的な北欧の福祉グッズ

デンマーク留学の一番の目的は、福祉制度について学ぶことだった。そこで私はできる限り校外に出て実際の福祉の状況を見て歩くようにしたのだが、ここに意外な発見があった。

デンマークは世界でも有数の福祉国家だが、障がい者に対する交通システムは日本のほうが便利なのである。

たとえば日本で電車に乗るとき、前もって連絡しなくても、その場で駅員に頼めば事故でもない限り最優先で乗り降りの手伝いをしてくれる。それも本当に申し訳ないくらい親切に。

デンマークでは幾つかのパターンがあって、車両からスロープが自動的に出てくるものもあれば、駅員が来てスロープを出してくれたりもする。だが、自動スロープはホームとの間に一〇センチ以上もの隙間《すきま》があったり、下車駅で停車中にすぐに駅員が来て手伝ってくれるか不安があったり、かなりドキドキした。

さらに長距離列車になると四十八時間前に連絡をしなくてはならず、デンマーク人の同級生の中には急な用事で列車に乗りたくても乗車拒否をされ、ひどく落胆《らくたん》していた友人もいた。

「福祉国家なのに、なんでこんなに面倒なんだろう」

と独り言のようにつぶやくと、節子が大きくかぶりを振りながら「同感」とうなずいた。

この不便さをクラスメイトに尋ねると、デンマークでは障がい者はリフトつきの車をわずかな自己負担だけで国から助成されるのだとか。運転ができなければドライバーを雇うこともできる。国土は日本の九州ほど、車のほうが断然便利である。

しかし私のように運転免許のない者には悲しい現実で、学校の近くを走る路線バスにはリフトもスロープもなく、外国人障がい者である私には自由に移動できない不自由さに最後まで悩まされた。

ただしこの点を除けば、あとは何から何まで感心することばかりだった。

障がい者の組織としては世界で一番古い「DH（デンマーク障害者団体）」や、ほかに「DHF（デンマーク肢体不自由団体）」があり、福祉先進国であっても、やはり政治家との連携のもとに、さらなる福祉の向上をめざしているのが印象的だった。

特筆すべきは、デンマークの福祉機器の洗練されたデザインと色遣いである。申し訳ないが日本の福祉機器ときたら、ピンク系や青や緑の安っぽい色遣いばかり。遊び心がないというか、病人扱いというか、使っていても心が浮き浮きしない。安全性や、機能性の重視はわかるけれど、正直言って味気ない。

そこへいくとデンマークの製品には目を見張った。なにしろ北欧インテリアの代表格であり、アルネ・ヤコブセンをはじめ数多くの建築デザイナーを生み出している。天井《てんじょう》リフト一つとっても家の内装の一部としてデザインされ、扉の邪魔にならないよう工夫がほどこされている。性能だけではなく見た目にも違和感がなかった。

地元の福祉機器専門店でも、形がシャープで一目惚《ぼ》れするほどおしゃれなマジックハンドや、握力が弱くても使えるフライ返しや包丁など、魅力的な製品がいっぱいある。

「オブジェになるかも」と言って節子が手に取った雑巾《ぞうきん》絞り機も、なかなかのものだった。日常の暮らしに調和する色とデザインに、デンマークの障がい者がうらやましくなるほどだ。

中でもぜひ試乗してみたかったのは、屋根つきの真っ赤な電動車椅子。一人乗りミニカーのようで、雨の日の外出が楽しくなりそうだった。

「洋一さんと喧嘩《けんか》したときに、避難《ひなん》するのにいいかもね」

節子がいたずらな目をして言う。

「どっちが避難するわけ?」

「もちろん……」

節子は最後まで言わずに笑った。はて、節子はどちらを想像したのやら……。

日本との時差は約八時間。デンマークに来てからも、インターネット電話のスカイプを利用してほぼ毎日、洋一と顔を見ながら話をする。学校の授業に区切りのつく午後三時三〇分は、日本時間の午後一一時三〇分頃。洋一は子どもを寝かしつけて、ちょうど一息ついている時間帯だった。

互いの一日の出来事や子どもの様子や、あれやこれや。離れていても距離を感じることはなかった。通信技術の発達を、このときほど心強く思ったことはない。

病気を使命に

ところで、デンマークに来たからには、否、オーフスに来たからには、是非とも会いたかった人がいる。「デンマーク筋ジストロフィー協会」の会長でもあるエーバルド・クロー（Evald Krog）さんである。

「オーフス制度」の生みの親。今やクローさんが構築されたパーソナルアシスタント制度は、障がい者に大いなる自由を与える制度として、スウェーデンやフィンランド、オランダなどの近隣諸国にまで広がっている。

ところで、クローさんは幼くして筋ジスを患《わずら》い、六十代半ばとなった現在は人工呼吸器を手放すことができない重度の障がい者である。だが結婚もし、娘さんやお孫さんもおられ、海外旅行も楽しまれる。

生活することのすべてに介助《かいじょ》が必要で、できることは、わずかに動く指先で車椅子のレバーを動かすことだけ。なのにハートはエネルギッシュで、大きな目的を果たされてきた人間特有の自信にあふれ、人生を楽しむ術《すべ》を心得た障がい者の〃達人〃のように思えた。

私はエグモント・ホイスコーレンの片岡先生の計《はか》らいで、クローさんのご自宅に伺いゆっくりお話をうかがうことができた。

当事者運動の秘訣《ひけつ》を聞くと、クローさんは即座にこう答えた。

「どんな状況でも、ユーモアを交えて交渉相手とかかわること。そして楽観主義だよ。障害を持ちながら一番良くないのは、文句ばかり言う人。障がい者は闘わなくてはならない。仲間と励まし合い、一緒になって世間の考え方を変えていかなければならない。何もしなくて、(変化が)向こうから来ることはないのだから」

しかし、私たちの活動は常に人間絡《がら》みで、なめらかに事を運ぶのは容易《ようい》なことではない。日本では難病指定を求め、治療薬開発のために精力的に動いてはいるが、人のささいな言動に傷つき悩むこともある。

「私の活動へのアドバイスを」

自身の思いを伝えながら、私は言葉をつなげた。

するとクローさんは、すべてを見通したように明快に答えた。

「あなたが恵《めぐ》まれた環境にいるとしても、それは人と比較されるものではない。結婚をして、子どももいて、良い人生を送っている。それは模範《もはん》として良いことだ。これからは障がい者として、どうしていくか考えなさい。あなたは、あなたのやるべきことをやりなさい。人を元気づけてあげることが大切です」


半年にわたる留学中に、あるクラスメイトが泣きながら私の部屋にやって来たことがある。障がい者に囲まれた生活をしていても、障害の度合いや病気の進行を、自分から人と比較して目の前の現実に耐えきれなくなってしまったらしい。

私は過去に自分が同じような気持ちで落ち込んだことを思い出して、一生懸命に彼女を慰《なぐさ》めた。

「あなたの心と体を一番わかってあげられるのは、あなた自身。たとえ同じ障害であったとしても、一〇〇パーセントお互いを理解できることはない。人と自分を比べてはダメ。人が何を言おうと、どう見られようと、気にしないで。あなたが希望を持ち挑戦し続けて、笑顔を絶やさずにいれば、たとえ病気であっても、必ず幸せになれるんだから」

彼女を励ましながら、私は自分に言い聞かせていたような気がする。

聞くところによれば、デンマークは貯金の必要がない国だという。結婚式も質素で、教育も医療も無料。失業者にも母子家庭にも手厚い保護があり、障がい者は生活するに充分な年金をもらえる。

経済苦のために病院通いを減らし、将来の年金額を不安に思いながら節約して暮らす日本とは比べものにならない。

しかし一歩踏み込んでみると、生活が守られているために離婚率が高いという現実もある。訪問した小学校では、実父母がそろっている子どもは二〇人中、四〜五人だった。

——本当の幸せとは何だろう?

私はデンマーク留学の間、いや、いまもずっと考え続けている。

私たち患者は生活を営《いとな》み生きていくために、治療薬が是が非でも必要だ。それが病気を完治《かんち》するに至らぬ薬であったとしても、患者の生きる勇気と希望になることは間違いない。

だが、難病指定にも制限がある日本という国で、患者が心にゆとりをもって生活することは難しい。遺伝子レベルで新しい病気が次々と発見されてはいるが、医療面での補助や治療法の開発といった国のフォローは追いつかない。希少疾病《きしょうしっぺい》患者の多くは先行きの見えない現状の中で、不安を抱きながら国が動きだすことをじっと待っているのではないだろうか。

患者会の活動を通して、私は治療薬の開発のみならず、生活を守る福祉においても、早急に国の制度を変えていく必要を強く感じてきた。

デンマークには日本とは比較にならないほど、充実した制度があった。安定した生活と心の安らぎは、行政の扶助《ふじょ》によるところも大きい。福祉の充実は私たち患者や障がい者にとって必要不可欠なことである。

しかし、私は思う。

どんなに至れり尽くせりの生活であっても、制度はあくまでも患者の生活を支えるものであり、普遍的《ふへんてき》な幸せをもたらすわけではない。制度は幸福の〝主《しゅ》〟ではなく、あくまでも〝従《じゅう》〟の存在としての手助けなのである。

それは福祉制度を上手に活用しながら、人生の楽しみ方を心得たクローさんの姿に教わったことでもある。

ところで、車椅子の生活になったとき、不思議なことに私はそれまでの束縛《そくばく》から解放されて、とても自由になった気がした。元気な頃はどこかで人と競っていた思いも、きれいさっぱり消え失せた。公認会計士の勉強をしていた頃のように、ある種の強迫《きょうはく》観念で自分を追いつめることもない。

それどころか車椅子となり病気を受け入れたことで、これが私の天命であり、なるべくしてなったのだと思えたのだ。そのとき初めて、私は障がい者である自分と目の前の現実を受け止めることができた。

私の人生は、そこから再び動きだした。

障がい者の自分でなければできない挑戦。弱者という立場でもなく、また感情的に行政を揺り動かすのでもなく、自らの体験をもとに、社会に必要なことを訴え、行動を起こしていく、遠位型ミオパチーという難病の私にしかできない使命、それが当事者としての私の闘いだった。

葛藤《かっとう》を繰り返しながらも自分にできることを模索《もさく》し続けた。そこに私が私らしく生きる最高の人生があり、病気の意味もあった。

運命を嘆いても何も解決はしない。人と自分を比べても人生が楽しくなるわけではない。希望がないのなら、自ら希望を生みだしていく。光がなければ、自らが光となって輝いていく。未来は自分の心と行動で創りだしていくもの。そして幸せもまた、自らの心が生みだしていくもの。試練を成長の糧《かて》として自身を鍛《きた》えていく、そこに幸福の引力が生まれるのだと思う。

だから私は今いるこの場所で、病気を使命に変えて生きる。それが遠位型ミオパチーという難病を背負った、私の生きるべき道。運が悪くて病気になったのでなく、私がこの病気を選んで生まれてきたのだから――。

心さえ負けなければ、大丈夫！　必ず未来への道は切り拓かれる。生命《いのち》ある限り、私はどのような状況にあっても人生を価値あるものにするために闘い続ける。

織田さんへの Yell エール

「ともに頑張りましょう」

独立行政法人 国立精神・神経医療研究センター
神経研究所 疾病研究第一部 部長 西野 一三

患者数の少ない「希少疾病《きしょうしっぺい》」では、たとえ薬の開発に成功しても、莫大《ばくだい》な開発費用を賄《まかな》うだけの収益を得られません。従って、製薬会社は、希少疾病薬の開発に対して極めて消極的です。

日本では、希少疾病は患者数五万人以下の疾患《しっかん》と定義されています。織田さんの「縁取《ふちど》り空胞《くうほう》を伴う遠位型ミオパチー」は、国内での患者数が三〇〇人前後と予想される、まさに希少疾病中の希少疾病なのです。

私たちの研究室では、運良くこの疾患のモデルマウスの開発に成功し、この疾患が糖《とう》の一種のシアル酸の欠乏によること、シアル酸またはその前駆体《ぜんくたい》物質の投与でマウスの発症をほぼ完全に防げることを発見して世界で初めて論文発表しましたが、残念ながら、どこの製薬会社も見向きもしてくれませんでした。

ところが、織田さんは、この絶望的な状況に果敢《かかん》に立ち向かい、他の患者さん達とともに遠位型ミオパチー患者会を立ち上げて奔走《ほんそう》され、国や社会に働きかけるとともに、ついには治療薬開発をしようという製薬会社を見つけてこられました。

そして最近、治験《ちけん》の第一歩である第Ⅰ相試験が東北大学で行われ、無事終了するにまで至ったのです。織田さんの情熱と行動力には驚かされるばかりです。

しかし、織田さんについて最も感心するのは、同情を求めて自分自身の病気の解決を訴えるのではなく、むしろ全ての希少疾病の治療薬開発へと繋《つな》がる普遍的《ふへんてき》な問題提議を理路整然と行っている点です。

だからこそ、製薬関係者、政治家、メディア関係者など多くの方々が心動かされ、それぞれ立場は違えども、損得勘定《かんじょう》なく純粋な気持ちで、織田さんや患者会の活動を支援していらっしゃるのだろうと思います。

実際に治療薬が世に出るまでには、まだまだ越えなくてはならない高い壁がいくつもあります。でも私は、織田さんを初めとする患者会の方々となら、必ず最後にはそこにたどり着けると確信しています。頑張りましょう！

「ありがとう」の言葉を伝えたい　――あとがきにかえて

どんなに強がりを言っても、不自由なことが一つまた一つと増えるたびに、心が折れそうになるときがあります。そんな私を陰に日向に励まし応援してくれる人たちの優しさに包まれたとき、心から生きていてよかったと思います。人生は決して楽しいことばかりではありません。けれど私は病気になる前よりも、ずっと心が豊かになった気がするのです。

大した経験もない私に、本のお話をいただいたときはとても悩みました。ニュース番組に出ることさえ迷うのに、自分の半生を本に書くなど、いくら勧められてもなかなか勇気がもてませんでした。「ありのままを書いてみたら……」と、背中を押してくれたのは夫の洋一でした。

ところが、第I相試験治験が進行中であった三月十一日、東北地方をあの巨大な地震と津波が襲いました。治験の中心者となっている東北大学の青木正志教授から、

「無事です」と連絡をいただいたときは、心底ホッとしたのを覚えています。

テレビを通して見る被災者の姿に、私は胸が締めつけられる思いでした。〝失う〟ことの悲しみと辛さは、たとえようもありません。けれど、絶望の中から立ち上がる被災者の姿に、私は逆に勇気や希望をもらい書き続けることができたのです。

東北大学をはじめとする関係者たちの努力によって、世界初となるＤＭＲＶ（縁取り空胞を伴う遠位型ミオパチー）の治療薬の開発は、今も研究が進められています。まさにこの本を書いている最中《さなか》に、開発は大きな局面を迎えました。頼みの綱である公的助成の一つが見送られたのです。新薬の開発の行方は、さらに前途多難になりました。進行性の病気は助成金が下りるのを待ってはくれません。

二年半ほど前も、難病の研究予算が大幅に減額されそうになった出来事がありました。政府といえど国を動かしているのは、あくまでも人間です。その人間の価値観ひとつで、政治をも大きく変えてしまうことを痛感しました。難病対策のみならず、つましく暮らす私たちのような庶民にとっては、ほんのちょっとした政治の方向転換により人生さえも大きく左右されてしまうのです。

早いもので患者会は四年目を迎えました。一人の人間の力は小さいけれど、署名の一つ一つが私たちの原動力となり、新聞やTVといったメディアによる報道にも助けられながら、患者会の活動は大きな広がりをもつようになりました。

「今は病気の人も、決して弱気になってはいけない。何があっても強気で！　すべてに意味があるのです。(中略) だれ人にも、自分にしかない、大きい使命があるのです」

患者会が発足した二〇〇八年に、「創価学園 特別文化講座」の中で語られた創立者の言葉です。病気になっても「意味がある、使命がある」との言葉に、私は絶対に負けるものかと誓いました。

長い人生の中では努力が実らないことも多々あります。けれど祈りながら、真剣に闘い抜いた結果は、得難《えがた》い体験として何一つ無駄にはならず、さらなる知恵や希望となって新たな挑戦へと立ち向かう勇気に変わります。

この先の未来に、どんな困難が待ち受けていたとしても、私は病気を使命として自分のなすべきことに心の限りを尽くして道を切り拓いていきます。

患者会の活動では辻美喜男さん、南部直美さんをはじめ、同病者の方々、医師の先生方、そして数えきれないほどたくさんの支援者に支えられ、ここまで進むことができました。感謝の思いは、とても一言では表しきれません。

また、拙い私に出版の機会を作ってくださった鳳書院の福元和夫さん、応援メッセージを書いてくださった西野一三先生、デザイナーの小松陽子さん、親身になって編集をお手伝いくださったエディターの中川峰子さんほか、多くの方の応援と優しさの中でこの本は生まれました。

表紙の撮影は関係者のご厚意で、留学先のデンマークにつながる「ふなばしアンデルセン公園」で。船橋市はアンデルセンの生誕地であるオーデンセ市と姉妹都市になっており、なじみの深い場所で撮影できたことは、とても光栄でした。

遠位型ミオパチーの推定発症から約十一年、病気とともに生きてきました。そしてこの先の未来もまた、力いっぱい使命に生き抜いていく覚悟です。大切な友人や支援してくださる方々と最愛の家族、すべての人に、生涯、感謝を忘れずに――。

二〇一一年　盛夏

織田友理子

「PADM 遠位型ミオパチー患者会」の流れ

第１期　2008年度

03月20日　決起会
04月01日　遠位型ミオパチー患者会(PADM)発足
04月14日　署名活動スタート
04月15日　オンライン署名スタート
05月25日　初めての街頭署名（ＪＲ大宮駅西口コンコースにて）
以降、全国各地26箇所にて街頭署名活動を行う
07月05日　署名集計 170,956筆
07月05日　DMRVセミナー(国立精神・神経センター主催)
08月25日　舛添要一厚生労働大臣(当時)への200,946筆の署名、要望書提出
10月13日　署名集計 267,767 筆 累計:438,723筆
11月24日　アメリカ遠位型ミオパチー患者会(ARM)との交流会
01月12日　特定疾患患者の自立支援体制の確立に関する研究報告会への参加
01月18日　60万筆達成のご報告
01月25日　署名集計 566,918筆 累計:1,005,641筆 100万筆達成のご報告
02月20日　署名集計 296,176筆 累計:1,301,817筆
02月20日　厚生労働省健康局疾病対策課を訪問

第２期　2009年度

04月01日　厚生労働省「遠位型ミオパチーの実態調査研究班」発足
04月16日　渡辺孝男厚生労働副大臣(当時)へ1,301,817筆の署名、要望書提出
04月26日　第1期定時総会(京都)
05月09日　PADM 主催 第1回ロボット工学レクチャー会
05月18日　DMRVシアル酸補充療法の可能性を示す論文が発表される
(著者:国立精神・神経センター西野研究グループ、掲載誌:NatureMedicine)
05月20日　第50回神経学会総会に、PADMのブースを出展(仙台)
06月27日　第1回シンポジウム　～治療への道～(品川)
08月14日　DMRVシアル酸補充療法実用化に対し、NEDO助成金が採択される
08月24日　国立精神・神経センター樋口輝彦総長を表敬訪問
09月26日　日本大学薬学部白神誠教授と学術顧問西野一三先生を囲む会
11月16日　長浜博行厚生労働副大臣・厚生労働省疾病対策課への
ＪＰＡ(日本難病・疾病団体協議会)要請行動に参加
12月02日　長妻昭厚生労働大臣へ1,561,329筆の署名、要望書提出
12月25日　平成22年度厚労省難治性疾患克服研究事業予算が100億円を維持
01月11日　特定疾患患者の自立支援体制の確立に関する研究報告会への参加
01月30日　第2回シンポジウム ～難治性疾患、克服へ向けて～(奈良)
02月28日　Rare Disease Day 2010(世界希少・難治性疾患の日)への参加

第３期　2010年度

04月29日　第2期定時総会（東京）
05月20日　第51回神経学会総会に、PADMのブースを出展（東京）
06月18日　Jain Foundation三好型/LGMD2B日本語患者登録の改善に協力
06月26日　学術顧問 西野一三先生と青木正志先生を囲む会（京都）
08月29日　PADM 主催 第2 回ロボット工学レクチャー＆デモ会
09月05日　日本社会薬学会第29年会にてシンポジウム
「難病治療薬開発への道標 ～遠位型ミオパチーのケーススタディ～」
10月12日　第15回世界筋学会（WMS2010）を後援・ブース展示（熊本）
10月17日　世界のDMRV研究者を囲む会（熊本）
10月20日　与党幹事長、厚生労働省、文部科学省へ要望書提出
11月15日　DMRVシアル酸補充療法の第Ｉ相治験開始
11月28日　第1回難病・慢性疾患全国フォーラムへの参加
01月10日　特定疾患患者の自立支援体制の確立に関する研究報告会への参加
02月28日　Rare Disease Day 2011（世界希少・難治性疾患の日）への参加
03月05日　第3回シンポジウム ～治療への道『長期臨床試験実現の為に』～
03月11日　東北地方太平洋沖地震発生 会員安否確認開始
03月18日　4月予定の総会の中止と今後の活動方針の発表
03月26日　東北大学医学部神経内科震災復興助成金の協力の呼びかけ
03月27日　森先生と小林先生による震災後の困り事の相談受付の案内
03月31日　署名集計 累計1,773,724筆（用紙：1,672,676筆 オンライン：101,048筆）

第４期　2011年度

05月18日　第52回神経学会総会に、PADMのブースを出展（名古屋）
06月30日　議員要請、DMRV治験 国会内報告会 衆議院第二議員会館にて
07月02日　劇団 Kitten Dance Planet による公演「Ｌｅｔｔｅｒ」
～遠位型ミオパチーという病を抱えた青年とその飼い猫の物語～
07月13日　厚生労働副大臣、文部科学大臣政務官へ陳情
07月23日　PADMオリジナル「チャリTシャツ」一般発表
07月26日　東北大学医学部神経内科震災復興助成金　第1回振込

PADM

署名協力のお願い

PADM遠位型ミオパチー患者会では「一日も早く患者の手元に薬を！」をモットーに、研究推進、希少疾病の新薬開発促進制度、難病指定を求めた署名活動をしています。

ご協力をお願いいたします。

患者会HPの左メニュー「ご協力のお願い」をクリック　→「署名」をクリック
→署名用紙のダウンロード、またはオンライン署名をクリック。

PADM 遠位型ミオパチー患者会
http://www.enigata.com　　お問い合わせ dmio-info@enigata.com

Information

PADM 遠位型ミオパチー患者会よりお知らせ

正会員・賛助会員の募集について

PADM 遠位型ミオパチー患者会は、会員相互の親睦や病気への知識を深める目的のほかに、社会的認知度の向上、治療法の確立、医療や福祉の充実を求め、さまざまな活動を展開しています。正会員ならびに賛助会員として、皆さまの参加をお待ちしています。2011年8月末現在、正会員は140名です。

・正会員……遠位型ミオパチー患者、またはその家族
　　　　　入会金2000円、年会費3000円

・賛助会員…患者会の目的・運営に賛同し支援する個人、団体など
　　　　　入会金不要、年会費１口1000円より

寄付のお願い

患者会の運営は会費および寄付によって成り立っています。活動にご理解をいただき、ご支援をお願いしています。

①ゆうちょ銀行
（普）14400-33573161　名義／遠位型ミオパチー患者会　代表　辻美喜男

②他の金融機関から振り込む場合は、次の内容をご指定ください。
ゆうちょ銀行　四四八支店
（普）記号：14400　番号：3357316
名義／遠位型ミオパチー患者会　代表　辻美喜男

③三井住友銀行　くずは支店
（普）2113643　名義／遠位型ミオパチー患者会　代表　辻美喜男

※振込手数料は恐れ入りますが、振込人様のご負担でお願いいたします。
※税法上の優遇は受けることができませんので、あらかじめご了承ください。

チャリＴシャツについて

患者会の広報の一環として「チャリＴシャツ」を制作しました。

ＰＡＤＭのシンボルマークでもある四つ葉のクローバーをモチーフに新進イラストレーターのriyaさんがデザインしたおしゃれなＴシャツです。

お問い合せはPADM Ｔシャツ係　e-mail：dmio-t-shirt@enigata.comまで。

PADM 遠位型ミオパチー患者会
http://www.enigata.com
e-mail：dmio-info@enigata.com　FAX：050-6860-5921

Profile

織田友理子（おだ　ゆりこ）

1980年（昭和55年）4月生まれ。
創価学園創価高等学校（東京キャンパス）、創価大学経済学部卒。
「PADM遠位型ミオパチー患者会」代表代行。
難易度の高い国家試験の勉強に明け暮れる中、
22歳のときに手足の先の筋肉から衰えていく進行性の筋疾患
「縁取り空胞を伴う遠位型ミオパチー（DMRV）」と
確定診断を受ける（推定発症は20歳）。
25歳で織田洋一氏と結婚、1年後に自然分娩にて男児を出産。
これ以降、車椅子生活となるが、
2008年4月「遠位型ミオパチー患者会」発足時より参画。
現在、代表代行を務める。
患者会はＤＭＲＶ治療薬開発のため、希少疾病のモデルケースとなるべく、
政府への嘆願をはじめ、関係各所との連携をとり精力的な活動を展開している。
2010年7月、財団法人広げよう愛の輪運動基金「個人研修30期生」として、
半年間にわたりデンマークへ留学。
帰国後は、留学で学んだ当事者運動を、身をもって実践している。

心さえ負けなければ、大丈夫

2011年9月30日　初版第1刷発行

著　者　織田友理子（おだ ゆりこ）
発行者　大島光明
発行所　株式会社　鳳書院
〒101-0061
東京都千代田区三崎町2-8-12
電話番号　03-3264-3168（代表）

印刷所　明和印刷株式会社
製本所　牧製本印刷株式会社

ISBN978-4-87122-164-1 C0095